Samar Seraqui de Buttafoco

VIVRE SANS BRUIT

Roman

© Charleston, une marque des éditions Leduc, 2022
10, place des Cinq-Martyrs-du-Lycée-Buffon
75015 Paris – France
www.editionscharleston.fr

ISBN : 978-2-36812-805-3

Maquette : Patrick Leleux PAO

Pour suivre notre actualité, rejoignez-nous sur Facebook (Éditions.Charleston), sur Twitter (@LillyCharleston) et sur Instagram (LillyCharleston) !

Charleston s'engage pour une fabrication écoresponsable !
Amoureux des livres, nous sommes soucieux de l'impact de notre passion et choisissons nos imprimeurs avec la plus grande attention pour que nos ouvrages soient imprimés sur du papier issu de forêts gérées durablement.

À Julien

Une femme enceinte plonge dans la benne à ordures.

— Arrête-toi !

— Ça roule, je ne peux pas.

— Fais demi-tour.

Elle n'est plus là.

Elle cherchait à manger, on ne voyait plus sa tête, j'ai vu son ventre.

Je suis à Beyrouth. Ici, je ne marche pas, je me fais conduire.

Il n'y a quasiment pas de trottoirs à Beyrouth.

Est-ce parce que les Libanais ne marchent pas qu'il n'y a pas de trottoirs, ou parce que, sur les rares trottoirs existants, ils doivent négocier leur marche avec les poubelles, les voitures stationnées, les trous, les travaux, les cageots de fruits et de légumes, pour se retrouver au bord d'un trottoir inachevé ?

On avance comme on peut à Beyrouth. C'est « une ville en chantier » que je découvre et visite chaque été depuis ma naissance. Partout, il y a d'anciennes traces de la guerre, j'ai grandi avec des cicatrices que je ne connais pas. Et pourtant, cette douleur m'est intime. J'ai été élevée avec le malheur des autres. Chaque maison fait son propre inventaire. Ils vivent en famille, en clan et en communauté religieuse. Ils se définissent dans cet ensemble-là, tel quel. Il n'y a pas de mémoire nationale. Les Libanais n'ont pas réussi à écrire un passé commun. À l'école publique, les livres d'Histoire évoquent Clovis, roi de France, la position du Liban durant les guerres mondiales, l'indépendance du pays le 22 novembre 1943. On s'arrêtera là. L'enseignement privé propose une Histoire sur-mesure, elle ira dans le sens de la communauté. Les jeunes Libanais grandissent sans éducation nationale.

Je ne connais pas Beyrouth et pourtant je ne l'aime pas. Tout brille de l'extérieur et pourrit de l'intérieur. Chaque personne qu'on me présente vient d'une « bonne » famille. Raya est une fille rayonnante. Mariée à son premier amoureux, elle est mère de deux enfants et entrepreneure dans l'art de la table. Elle aime recevoir et le fait chaleureusement. Elle me guide dans l'appartement entièrement réaménagé par son architecte au dernier étage. La lumière de Beyrouth blanchit tout. Les salons sont habités par le soleil. Son mobilier est contemporain et italien. Dans chaque angle, des luminaires des années 1950 et 1970. Elle est très attachée à son store de Fornasetti. À côté, un miroir au mercure chiné aux puces de Saint-Ouen, un cabinet de curiosités et un bar en bambou. Elle a un goût certain pour les nouvelles associations. Une piscine face à la Méditerranée. Je ne vais pas nager, on prend l'ascenseur. Elle me montre sa chambre, elle l'appelle la suite parentale. Les chambres de ses enfants, leur salle de jeux et une salle d'études. La chambre des « invités-amis ». Enfin une salle de méditation, vide. Je reconnais l'odeur de la sauge. Un excès de sensations m'envahit. Il y a un pot par terre. Minimaliste. On reprend l'ascenseur. Raya a sa cour. Une hôte remarquable, assistée de trois « bonnes » à tout faire. Il n'y avait pas de place pour une chambre de bonne me dit-elle. J'imagine une chambre, rigoureusement petite, pas plus large qu'un lit et sans fenêtre. La faute à l'architecte.

Une réalité brutale. Raya ne s'encombre pas. Elle se tient bien à table. Elle ne parle pas la bouche pleine. Elle ne mange pas. Elle fait également attention à ce qu'il y ait toujours du vin dans les verres. Enfin, elle délivre ses règles de savoir-vivre, elle préconise l'harmonie et la mesure. Ses conseils, elle les partage généreusement avec les épouses de ses amants. Elle érigera cet appartement en garçonnière. Elle vit sa vie.

Depuis que je n'ai plus de parents à qui demander l'autorisation de partir ou de venir, mes voyages sont courts. J'arrive légère, je quitte chargée. Il me reste des images.

Les valises au départ de Beyrouth sont toujours pleines. Comme si, dans ces pays du reste du monde où nous avons émigré, il n'y avait pas, dans chaque quartier, un restaurant libanais. Ils sont partout. Cette année-là, je n'irai pas à la mer. La baignade est dangereuse. Les bouches d'égout rejettent les eaux sales dans la Méditerranée sans aucun traitement. Je passerai mes vacances à la montagne. Je vois peu de gens. L'air est presque pur. La crise des ordures est nationale. Les « ordures sont politiques », difficile de s'en débarrasser. Je photographie la pile des sacs-poubelle et autres déchets ménagers en vrac. Tout s'accumule en face du chalet. Je ne partage pas la photo. Je suis une Libanaise de l'étranger. Je ne saurais que dire. Je vais bien me conduire. Depuis des décennies, ils votent pour ces ordures. Je suis en zone de turbulences émotionnelles. Je me bouche le nez. Je serai radicale. Je limiterai mes ordures. Pour bien respirer, je dois me dépasser. Aller plus haut. Là où le pied humain n'écrase pas une bouteille en plastique sur l'herbe verte. L'été est chaud et sec en montagne, la chaleur supportable. Seule dans la nature, je n'ai pas peur. Je suis enthousiaste. Des bâtons de marche aux mains. Un gilet de montagne jaune fluo. Un chapeau sur la tête. Le sac à dos avec sa poche à eau. Aux pieds, des chaussures qui résistent à tout. La première fois, je marche six heures d'affilée en dénivelé pour atteindre le mont Sannine à 2 628 mètres d'altitude. Je suis une fille du Sud. Je ne connais pas la montagne. Je me suis préparée en faisant des petites balades digestives pas très engageantes. En montée raide, ma tête tourne. Je respire mal. Je m'arrête. Je bois. Je reprends la marche. À mon rythme, j'atteins le sommet. Une fois là-haut, je me roule dans la neige en plein été. Je m'assois par terre. Je sors le chocolat de mon sac. Je le mange très lentement. Le Liban est sous mes pieds. Au-dessus de la mer se dresse brutalement la montagne. Le relief est accidenté. Je ne sais pas quoi en faire. Le silence de la montagne mérite un pluriel. Je redescends. Je croise des chèvres. Le troupeau cherche à manger. La saison est sèche. Le paysage rude et répulsif. Les pentes sont raides. L'essentiel de l'été est sauvage et paisible.

Une autre montagne du mont Liban, son point culminant Qurnat as Sawda'. À ses pieds se dresse une forêt de cèdres. Petite, je l'ai traversée avec mes parents. Nous avions fait le trajet en voiture. Mon père fait le guide. Il tend le doigt. Qurnat as Sawda', « cornette des Martyrs » en mémoire des victimes maronites de la grande famine au mont Liban sous l'Empire ottoman durant la Première Guerre mondiale. Factuel. Je suis son doigt. J'ai le vertige. Cette fois, je gravis le mont Makmel. 3 088 mètres d'altitude. Le point culminant du pays. J'ai pris un drapeau du Liban avec moi. Je voulais le piquer là-haut. Je ne le fais pas. Je m'allonge. J'enlève mes chaussures et mes chaussettes. J'étends mes jambes. J'écarte les jambes, les bras aussi. Je respire. Je suis prête à accueillir le bruit qui détruit Beyrouth.

À Beyrouth, tout le monde a un avis sur tout. Je ne trouve pas mes mots, je n'ai rien à dire. Je les écoute intellectualiser les choses de la vie. Je masque mes colères, je veux partir, je ne veux surtout pas qu'ils aient un avis sur ce que je pourrais dire comme bêtises. J'ai envie de marcher et me perdre seule dans la ville. J'ai envie d'une nuit rouge dans le quartier de Hamra. Je veux avoir mal aux yeux en regardant les néons. Je veux m'arrêter manger des frites là où mon père le faisait. Je veux m'installer dans un café au décorum réduit au minimum. Ces cafés d'hommes où les femmes sont de moins en moins rares. Je veux rentrer dans une boutique de lingerie, aller dans la cabine et enfiler cet ensemble rouge. Sortir, essayer un voile dans la boutique voisine, dire merci. Marcher et m'arrêter devant une vitrine de contrefaçons. Je veux l'agitation de l'être de chair méditerranéenne. Je reste là, assise avec eux. Je les regarde boire, rire et chanter. Je les envie. J'envie cette légèreté sur canapé. Pour moi, tout est pesant, les enfants crient. On m'explique qu'ils jouent. On ne sortira pas de table. Trois heures après, elle est encore parfumée, acidulée et colorée. On dirait qu'elle vient d'être dressée. Le va-et-vient des plats ne s'arrête pas. J'ai le sentiment que les bottes de persil tendrement hachées du taboulé vont prendre la parole sans demander l'autorisation. Ça parle fort, je souris. Je reste à ma place, les jambes décroisées dans ma robe en soie noire. Je bois de l'eau, les bouteilles de vin se vident.

— Tu ne vas quand même pas passer ton mois d'août à Paris. C'est triste. Reste ici. On ira à la montagne. Tu as déjà été aux Cèdres ? On organisera un week-end dans le Sud.

— Je dois rentrer, ici tout va finir par exploser.

Je le dis. Je le fais. Je change mon billet. Je fuis Beyrouth. J'atterris à Paris. Le lendemain, je me réveille dans mon lit. Je souris. Je m'étire. C'est la canicule. Ce lendemain, Beyrouth explose.

Au moment où je vois l'explosion, il est sept heures vingt et des poussières. Je me décompose. Ils et elles sont où ? Lama, Linda, Rabih, Nicolas, Mona, Mariam, Hussein, Marie. Là-bas, le téléphone ne passe pas. Ici, mon téléphone sonne. Il n'arrête pas. Je n'ai pas eu le temps de dire que je rentrais à Paris. Je rassure, je suis là. Je suis là et on me pose des questions comme si j'étais là-bas. Je suis là et je ne sais pas où ils sont. Je ne sais pas ce que je fais là. J'aimerais être là-bas. J'aurais voulu que mon corps explose comme une mouche ordinaire. J'aurais voulu que tout s'arrête et pourtant je ne lâche pas mon téléphone. Je continue à appeler le Liban. « Samar, je suis en vie. Ma maison est détruite. » Ce n'est pas rien que de perdre sa maison. Avant l'explosion, la vie à Beyrouth n'était pas désirable. L'air était pollué, aujourd'hui l'air y est toxique. Le seul endroit où chacun pouvait respirer était la maison. Je n'arrive pas à écrire. Je mets ma douleur en silence. J'arrête de regarder les images qui défilent sur mon fil Instagram. Beyrouth est soufflé. Il faut répondre à l'urgence. Ma notoriété virtuelle servira à lever de l'argent. L'argent, ça compte. On ne vit pas sans toit. Même au soleil, on ne vit pas sans toit.

Dans le port de Beyrouth, 2 750 tonnes de nitrate d'ammonium entreposées « sans précaution » sont à l'origine de l'explosion.

« Accepteriez-vous de rédiger un texte ou quelques mots racontant votre attachement au Liban, en quoi cette ville et ce pays vous touchent ? En un mot, un texte qui saisirait l'âme de Beyrouth. Merci de me confirmer d'ici quelques jours votre accord éventuel pour ce projet. Les textes seraient ensuite attendus d'ici au 20 septembre… Je serais très honorée que vous puissiez figurer dans ce recueil qui sera publié dans une grande maison d'édition. D'avance, je vous adresse mes plus sincères remerciements car je sais que vous faites déjà beaucoup de votre côté pour le Liban. N'hésitez pas à me contacter si vous avez des questions. » J'écrirai « Beyrouth, c'est Beyrouth », sans pouvoir ajouter un mot de plus et sans jamais rien envoyer à la grande maison d'édition. Je ne verrai pas mon nom au côté de Maalouf, Ono-Dit-Biot, Khoury-Ghata, Pancol, Jardin, Weber, Mazloum, Fontanel et Lapidus. Je ne dirai rien.

L'illisible. Quel mot ? Quel récit ? Quelle poésie pourrait boucher ce trou dans ma tête ? Mon cahier de vocabulaire s'est vidé, et cela bien avant l'explosion. Je continuerai à faire l'économie des mots. Je choisirai uniquement de vivre, je sais si bien le faire. Je souris, je mange, je danse, je dors et je pleure. Dans cet ordre, comme je l'ai appris, j'organiserai mon existence. Je m'efforcerai avec beaucoup de joie de la remplir par ce qui fait qu'on tient, le quotidien.

Chacun sa mort et ses morts.

Personne ne meurt après personne. J'ai retenu cette phrase de ma maman. Elle ne la disait pas souvent, je l'ai entendue, elle m'a marquée. Comme moi, elle avait perdu sa mère jeune. J'avais un an. Je ne me souviens pas du bruit et de l'odeur de cette mort. Ma maman a sûrement porté ses habits noirs et pris l'avion pour Beyrouth. La mort ouvre les yeux des vivants. Le deuil, c'est le travail de toute une vie. J'ai vu ma maman se cacher pour pleurer. Dans son armoire, était posé un portrait de sa mère. Elle ne l'exposait pas.

La « Happy Family », elle nous appelait comme cela, quand les choses de la vie ne se passaient pas bien. Son humour était léger. Je revois ce film dans le train. Elle met ses lunettes, enfile des gants, ouvre la pipette, s'applique à compter les gouttes et à respecter le dosage au millimètre près du traitement de la maladie génétique de mon petit frère. Le train s'est mis à trembler, quelques gouttes se sont ajoutées. Elle dit : « S'il meurt, ne dites surtout pas que c'est ma faute. C'est le train qui a secoué ma main. » Ce film, on l'a vu de son vivant. Plusieurs fois. Il était enregistré sur une cassette. Toujours de son vivant, nous l'avons transféré sur un CD.

Nous étions heureux. Je sais que mes parents étaient pauvres quand ils se sont connus. L'argent est venu avec chaque enfant. Mes frères et moi sommes nés en Côte-d'Ivoire. Au départ de notre existence, nous habitions une maison avec deux chambres à coucher, un salon et un jardin. J'étais celle qui grimpait au manguier. Mon grand frère jouait aux petites voitures et ma maman dressait la table dans le jardin. Trente ans sont passés. J'ai retrouvé cette maison. J'ai sonné. Personne n'est venu. J'ai frappé à la porte des voisins. Un vieil homme en marcel a ouvert. Je lui ai dit que je pensais avoir grandi dans la maison d'à côté. Il m'a demandé mon nom. J'ai donné mon nom de jeune fille. Il m'a prise dans ses bras. Il a appelé sa femme. Ils sont sortis et m'ont montré le portail de notre maison. La femme m'a caressé la tête. Elle a dit à son mari « C'est la même ! on dirait sa mère ». Quand elle m'a mise au monde, je n'étais pas là. Ils étaient là. Avec un plaisir triste, ils se sont replongés au temps où elle était là. Sans phrases convenues, ils m'ont raconté la jeune femme qu'était ma maman. Ils m'ont fait ce cadeau-là. Nous étions dans la rue, la nouvelle locataire de la maison est arrivée. Ils ont parlé à ma place. La femme a ouvert grand la porte. Elle était voilée. Elle a fait une prière pour ma maman et m'a servi une eau de coco délicieuse dans le jardin. Je suis choquée par la taille du jardin. Il est minuscule. Un carré, et au milieu, le manguier était toujours là. Dans ma peau de toute petite, je jouais dans un grand labyrinthe végétal. J'ai écouté la mère de famille. Elle m'a parlé de ses filles, elles font leurs études à Paris. Elle m'a proposé de dormir dans leur chambre, ma chambre. Je l'ai remerciée. Je lui ai laissé mon numéro de téléphone. Comme ses filles, je vis sans famille à Paris, qu'elles n'hésitent pas à m'appeler. J'ai insisté. Elle m'a émue à hauteur d'enfant.

Mes parents se disaient responsables, refusant de prendre le même vol quand nous étions petits. Et pourtant, j'ai le souvenir de mon père allant fumer au fond de la cabine et de ma maman assise près de moi. On ne fait pas toujours ce que l'on dit. Ils ont fait de leur mieux. Ma maman nous mettait nos plus jolis habits pour prendre l'avion, des habits neufs. Nous n'étions pas assortis. Elle voyageait en pantalon et chemisier. J'avais souvent une robe blanche, rose, bleue, ou marinière à col Claudine avec des manches ballons. Mon grand frère en costume comme mon père. Cette sape s'organisait dans les toilettes de l'avion. Ma maman nous habillait avant d'atterrir à l'aéroport de Beyrouth. Elle occupait l'espace. Elle repoussait l'angoisse. Elle avait peur qu'on ait peur.

On débarque. Un ciel bleu et le soleil brille. Il tape fort. Il n'est ni doux ni amical. Il continuera à chauffer l'atmosphère. À l'aéroport, je ne ressentais aucune émotion joyeuse. J'avais peur. Il fallait bien se tenir, ne pas faire d'éclats. Il y avait beaucoup de bruit. Les agents crient et les gens avancent. Il n'y a pas de ligne, pas de file, pas de queue. Il n'y a rien qui ressemble à ce que ma maman me demande de faire : marcher droit. Je dois avoir huit ans. Cette scène, je la vivais tous les ans. Cette foule n'avait rien d'une abstraction. Certains levaient le bras et exprimaient ainsi leur privilège. Ceux-là sont prioritaires sur les gens ordinaires. Très vite, ils sont extraits de la foule en créant une diagonale, c'est-à-dire une nouvelle ligne de passage. Des lignes de passage additionnelles, il y en avait beaucoup. Il y avait aussi beaucoup d'enfants. Dans ma tête, ils n'étaient pas comme moi. Ils ne voyaient pas tout ce que je voyais. Ils pleuraient, ils criaient, ils jouaient. Je ne comprenais pas. Ils ne savaient pas se tenir. Ils n'avaient pas reçu la bonne éducation de ma maman. D'autres dames se faisaient face, et détaillaient là un compte rendu du voyage, elles n'attendaient pas que la foule avance, elles vivaient le moment présent. Ces gens me contraignaient à ne pas marcher droit. Ma maman parlait peu, elle soupirait, veillait à réajuster le col de ma robe et à faire de mon grand frère un petit monsieur élégant. Nous n'appartenions pas au bas peuple. Avec nos documents de réfugiés palestiniens, nous étions en dessous. À l'aéroport, un accueil des moins sympathique nous était réservé. Je ne cachais pas d'armes sous ma jolie robe, rien dans mes oreilles, mes mains étaient vides, les poches de mon grand frère, vides, sa bouche aussi. Les agents ne se cachaient pas pour nous fouiller, personne ne réagissait. Surtout pas mon père. Son silence le protégeait et nous avec. Ma maman avance, son passeport libanais à la main. « Quelle honte d'avoir épousé un Palestinien. » Elle s'était endurcie, ne disait rien et esquivait le crachat qui suivait la parole. Aujourd'hui je sais qu'on ne touche pas un enfant et qu'on ne crache pas sur les gens.

Quand mon grand frère et moi avons été en âge de prendre conscience de la condition humaine, c'est-à-dire vers douze ans, mes parents étaient socialement plus à l'aise. Ils sont devenus riches. La question de l'argent ne se posait pas. Sur les photos de famille, il n'y avait pas d'absent, nous étions ensemble. Mon père me prenait sur ses genoux. Mon grand frère dans les bras de maman. Ses tenues d'été étaient jolies. Elle portait des ensembles monochromes en éponge. Un short et un tee-shirt. Elle osait la couleur : orange, rose, jaune. Elle raccourcissait ses jupes. On sourit tous. Les grosses joues de mon frère, mes yeux se ferment, la moustache de mon père et les jolies dents de ma maman. C'était la joie de vivre.

Mes parents n'avaient pas encore construit une maison au Liban. Mes premières vacances d'été, je les passerai entre la famille de mon père et la famille de ma maman. La grande famille. Les devoirs d'été de mes parents pouvaient ainsi démarrer. Ils venaient là pour décompresser, aussi pour se remettre à niveau et réviser les leçons. Mes parents nous parlaient en arabe, nous répondions en français. C'est ainsi que nous communiquions. En arabe, tu ne dis pas bonne nuit, tu souhaites de te réveiller avec de bonnes nouvelles. Chacun entendait ce qu'il voulait et comprenait ce qu'il pouvait. Ma maman ne causait pas un mot de français à son arrivée à Abidjan. Elle avait dix-huit ans quand elle a épousé mon père. Vingt et un ans quand je suis née. Elle a appris le français avec les femmes de Libanais arrivées avant elle. Elle les côtoyait. Elle n'était pas très bavarde en français. Elle n'était pas bavarde tout court. Elle s'appliquait à être une bonne épouse. Elle a appris à cuisiner avec sa voisine. Elle n'aimait pas l'odeur des œufs. Le lait lui donnait la nausée. Elle avait peur de la viande crue. Elle ne changera pas. Ils vivaient dans le quartier de Marcory appelé « le petit Beyrouth ». Personne ne venait de Beyrouth. Les résidents étaient tous des migrants du Sud-Liban. Ils étaient de confession chiite et vivaient entre eux. La vie s'organisait en communauté. Enfants de simples paysans, analphabètes et chômeurs, ils fuyaient la misère. Notre voisine de palier nous aurait donné le sein, ma maman n'avait pas de lait. Je pense qu'elle s'est organisée pour ne pas avoir de lait. Elle a réussi à faire ce qu'elle voulait. Ma maman fait partie de ces femmes qui ont vécu sans bruit, mais le vivaient bien. Je n'ai pas le souvenir d'une maman vocalement féministe. À quoi pensait-elle ? Elle ne revendiquait rien. Elle était croyante. Je ne l'ai jamais entendue parler de religion. Une femme est venue me voir à son enterrement. « Ta maman a sauvé mon honneur. » C'est en ces termes qu'elle a raconté son histoire. Dans une société où le corps des femmes est l'honneur des hommes, son hymen faisait défaut. Elle est venue voir ma maman. Elle devait se marier. Elle lui a demandé de l'aide. Réparer ou s'y opposer ? Ma maman ne l'a pas jugée. Elle s'est contentée du geste qui sauve une vie.

La vertu de ma maman résidait dans son désir de rester anonyme. Elle était une personne ordinaire. De l'égalité des sexes, elle ne disait rien. Je l'ai vue vivre sa vie comme elle le souhaitait. Elle a appris à fumer. C'était à la mode. Elle est si belle avec sa cigarette à la main. On n'était jamais très loin. Les photos le montrent. Cette même voisine de palier et d'autres Libanaises lui ont conseillé de mettre un fard à paupières violet, le look standard des années 1980. Un samedi soir, elle a mis de la couleur sur ses yeux. Mon père et elle ont eu un fou rire en rentrant. Il n'osait pas lui dire qu'il n'aimait pas. Elle était soulagée. Elle n'aurait pas à faire cet effort. Ma maman n'aimait pas couvrir sa peau et ne savait pas se maquiller. Elle avait un seul tube de rouge à lèvres. Il était rouge, elle l'appliquait d'un seul trait et pinçait les lèvres. Elle faisait deux petits points sur les pommettes, elle frottait. Enfin, elle pointait l'arête de son nez.

Je la regardais vivre le soir avant que mon père rentre du travail. Elle avait un tiroir de lingerie. Les couleurs étaient poudrées. Du rose, du beige et ce n'était pas fade. Petite, j'avais vu des cassettes de films porno bien rangées dans l'armoire de ma maman. C'était le monde des grands. Mon grand frère et moi dînions avant l'arrivée de notre père. Il rentrait à 19 heures. Nous étions lavés et bien propres dans nos pyjamas. Avec notre maman, on l'accueillait en chanson. Nous étions prêts à aller au lit. Mes parents se retrouvaient. Ils étaient très amoureux. Il était son homme. Elle était sa femme.

Mon père n'avait pas pour ambition de devenir riche. Loin de ses compagnons de révolution, il s'accommodait de nouveaux amis. Dans l'absolu, il ne pensera jamais comme eux, il essayait seulement de faire comme les autres. Trouver de quoi travailler tous les jours de la semaine et nous apporter de la joie le samedi et le dimanche. Avant nous, c'était un humaniste, il réclamait la justice. Il était engagé. Nous sommes arrivés, il a appris à commercer. Il voulait nous sécuriser. Il a commencé par pousser un chariot dans les rues d'Abidjan pour devenir le plus grand distributeur de boissons en Côte-d'Ivoire. Le capitaliste est cependant resté loyal. On se souviendra de lui comme du patron qui a demandé à ses employés de créer un syndicat. Avec mon grand frère, on a imaginé la scène.

« Ouattara, appelle tout le monde. Réunion dans le garage. » Ouattara était son bras droit, on a grandi avec lui.

« Mes frères, mes sœurs. Il faut créer un syndicat. Il faut vous réunir. Discuter de ce qui ne va pas au travail. Pensez à vos droits. Il faut tout écrire. Toujours écrire. Vous écrivez et vous donnez au patron. Vous pouvez aussi donner le papier à Ouattara. »

J'ai insisté sur le « Il faut tout écrire ». Mon père et moi avions de vraies conversations. À chacun de mes arguments il me disait « c'est écrit où ? », comme si les choses existaient uniquement lorsqu'elles étaient écrites.

Voilà comment, dans nos têtes de grands sans parents, mon frère et moi avions imaginé notre père expliquant à ses employés la nécessité de créer un syndicat. C'était le jour de la liquidation de la société. Après la mort de ma maman, mon père n'était plus apte. Son frère cadet est venu l'épauler. Mon père est mort, notre plus jeune oncle a été nommé directeur général. Il a ruiné la société. Il était médiocre en affaires. Il était raciste. Les Noirs étaient une race inférieure à la sienne. L'équipe rapprochée de mon père était noire. Mon oncle les a délogés de son étage de directeur général. Il les a installés près du garage qui abritait les camions de distribution de boissons. En mémoire du patron engagé, qui a souscrit pour chacun une assurance-maladie et une assurance-vie dans un pays où le sida tuait, les employés se sont réunis une dernière fois et ont décidé de travailler six mois sans être payés. Mon frère et moi avons pleuré. Ils voulaient sauver le travail que mon père avait créé trente ans plus tôt.

Je suis née et j'ai grandi en Côte-d'Ivoire. Mon école française accueillait des enfants de toutes les nationalités. De la petite section à la terminale, les Noirs ont des allures de Blancs. Nous avions tous des allures de Blancs dans nos petites robes à carreaux vichy, chemisiers et bermudas bleus pour les garçons. Les premières années de ma vie, de la maternelle aux cours élémentaires, sont les années paisibles. Mes premières robes vichy sont à carreaux orange. Une fois la maternelle passée, elles seront à carreaux bleus. J'étais presque grande. Je fêtais toujours mon anniversaire à l'école. On avait le droit. Mes camarades de classe se mettaient en rang pour me souhaiter un joyeux anniversaire. J'embrassais les garçons sur la bouche, les filles sur la joue et je buvais mon Orangina à la bouteille. Le verre touchait mes dents. Les bulles coulaient. Ça piquait, c'était bon. Je dansais. Je tournais en rond. Je souriais. Mes yeux se fermaient quand je soufflais mes bougies. Je regarde les photos pour ne pas oublier que j'ai connu l'insouciance.

À six ans, mon frère et moi étions les élèves du cours Lamartine à Abidjan, première ville libanaise en Côte-d'Ivoire. À trente, quarante ans, mes parents demeuraient les enfants du village Borj El Chamali du Sud-Liban.

Chaque été, nous commencions les vacances là-bas. Ma grand-mère paternelle nous recevait dans sa chambre. Toujours en position allongée. Elle n'était pas malade. Elle ne faisait pas de gâteaux, elle les mangeait. Elle était grosse. Elle ne mettait pas son corps en mouvement, elle avait toujours mal quelque part et chacun devait en être informé. Tout le monde la chérissait. Mariée à treize ans, elle n'a pas passé son adolescence à être mère, elle a passé sa vie à accoucher. Elle a eu dix-sept enfants. Elle ne cachait pas ses préférences. Elle parlait beaucoup et n'avait aucun mal à dire je t'aime ou je te hais. Son cœur de parent n'avait pas grossi avec chaque enfant. Elle s'intéressait à moi. De son lit, elle tendait le bras, m'attrapait par le poignet et me tirait vers elle. Elle avait à chaque doigt une bague en or. Elles étaient froides. Elle me parlait au creux de l'oreille. Elle me chuchotait de ne pas aller au soleil. C'était l'été. Comme ma maman, je suis très blanche de peau. Au soleil mon visage se couvre de taches de rousseur. Ma grand-mère n'aimait pas. Je ne l'ai jamais laissée m'écraser. J'avais de l'attitude. Quand elle était sur le point de finir de parler, je tournais la main d'un mouvement lent, mes bras prenaient leur élan, j'éloignais mon corps d'elle. Je m'échappais en marchant sur la pointe des pieds, et je dansais. Je l'humiliais. Elle n'avait pas le pouvoir de me punir comme elle le faisait avec ses propres filles et ses belles-filles, exceptée ma maman. Elle aimait mon père. Il faisait partie des rares élus de son cœur. Pourtant, il n'avait pas été un enfant « facile » à élever. Il ne croyait pas en Dieu, il aimait les livres et ne voulait pas travailler à la plantation comme les autres fils d'agriculteurs. « Ce n'est pas en labourant la terre qu'on devient un homme libre. » Tous les matins, avant que le jour se lève, mon père marchait vingt-cinq kilomètres. Pour aller où ? À l'école. Nous faisions le chemin en voiture. Comme un petit chien, je sortais la tête par la vitre. L'air chaud roule sur mon visage. Je vois mon père s'agripper à son sac à dos, sourire et marcher le long de la route. Je le vois traverser les villages, les plantations de bananiers, de citronniers et d'orangers en fleurs. Il n'y a pas de trottoirs. Il n'y a pas beaucoup de voitures. Il taille son chemin.

Je ne lui demanderai pas s'il mettait son réveil, se levait, se lavait et préparait sa tartine tout seul. S'il s'arrêtait parfois en marchant. Si c'était difficile. Je ne lui demanderai pas si sa maman venait le sortir délicatement du lit comme on sort du four un pain au chocolat chaud.

Nous étions des enfants, comme moi, il était le second de sa famille.

Il organisait sa vie pour la vivre. Il n'a pas obtenu son bac, il a été professeur à l'université. Dans la rue, il vendait les journaux *As-Safir*, le quotidien de « la voix des sans-voix ». *As-Safir* avait accueilli dans ses colonnes les plus grands intellectuels arabes, le poète syrien Adonis et le Palestinien Mahmoud Darwich... Mon père résistait. Garçon à l'hôtel Phénicia de Beyrouth... Il ne manquait pas d'insister sur son travail de subordonné. Notre éducation a été bien pensée. Au mythique hôtel Saint-Georges sur le front de mer, où il a été serveur dès l'âge de quinze ans, il fallait savoir prendre du recul et faire le tri entre ce qu'il nous racontait et les frites qu'on voulait tremper dans le ketchup.

« Vous voyez ce garçon, j'étais lui. Je servais les gens comme vous. Dites toujours : bonjour, s'il vous plaît et merci. » Il nous apprenait à parler. Il tenait à ce savoir-vivre. « Vous voyez les murs ? Les trous dans ce mur, c'est la guerre. » Mon père témoignait avec ses mots. Quand il nous racontait ses histoires, il s'arrêtait toujours avant la fin. Nous étions des enfants.

Maintenant, je vais vous raconter une histoire qui fait grandir les enfants. « Tu connais l'histoire de la tomate ? » Pendant la guerre civile qui a déchiré le Liban dès 1975, des rafles s'opéraient lors des contrôles des cartes d'identité. Officiellement, pour empêcher la circulation entre Beyrouth-Est et Beyrouth-Ouest. Jusqu'ici, rien à signaler. C'est la guerre. Chacun reste chez soi.

« Vérification d'identité », dit l'homme armé.

Mon père et son ami sont à pied, ils sont à l'arrêt. Ils diront être sortis sans leurs papiers.

Il ne sera pas arrêté, enlevé, emprisonné, torturé et libéré. Il sera exécuté.

L'ami de mon père sera exécuté parce qu'il a dit *bandora*, « tomate » en arabe, avec le plus pur accent palestinien. Mon père avait appris à prononcer *banadoura,* à la libanaise.

Je ne sais pas ce que mon père s'est dit à ce moment-là. Je ne sais pas ce qu'il a dit après cela. Cette histoire, il ne me l'a jamais racontée, je l'ai entendue de la bouche d'un de ses cousins. J'étais derrière la porte. J'ai tendu l'oreille. Il m'a vu. Mon père a bougé la tête. Il ne parlera pas ce soir-là. Je ne sais pas si mes frères connaissent cette histoire. Est-ce une histoire importante ? Cette histoire n'aurait jamais dû exister.

La famille de mon père vient des « Sept Villages chiites » du Sud-Liban. Les terres sont colonisées par l'État d'Israël. Je ne peux pas m'y rendre. Les deux pays sont en guerre.

À la piscine du Saint-Georges, tout le monde est en maillot de bain. On ne distingue pas le chrétien du musulman. Ils se mélangent et chacun laisse à la maison sa grande croix et son chapelet au nom d'Allah. Et le juif ? Il existe, au Liban. Il se cache, on n'en parle pas. On nous sert les glaces. Moi j'ai pris pistache et chocolat. Ma maman un banana split. « Il n'y a pas de Beyrouth-Est ou Beyrouth-Ouest. Si on vous demande d'où vous venez ? Vous dites du Liban, et si on vous parle de religion, vous n'avez pas de religion. » Mon père sortait des phrases comme ça. Elles n'étaient pas contextualisées dans une conversation. Son passé s'imposait à lui. Mon père était un être traumatisé. Je ne le savais pas. Je le comprends en l'écrivant.

On me l'a posée cette question. J'étais préparée. J'ai quinze ans, me voilà inscrite en internat au Liban. Premier jour de classe, nous sommes debout en rang dans la cour. Tout le monde chante l'hymne national, je ne le connais pas bien. Je baisse la tête et je bouge les lèvres. À la fin, tout le monde applaudit. J'applaudis. Un garçon se tourne vers moi et me dit : Tu viens d'où ? Je réponds : Moi ? Le « Moi » m'a trahie, le garçon s'est moqué du « Moi » et de moi. Un « Moi » dit avec l'accent d'un vieux villageois chiite du Sud-Liban. J'ai eu honte. J'ai été en colère contre moi. *Aneh* sonne comme un braillement d'âne, « le Moi » du sud du Liban. *Ana*, « le Moi », ferme et confiant, sort de la bouche d'un Beyrouthin. Ces « Moi » sont d'un grand éloignement linguistique, géographique et social. J'ai banni le parler arabe. Je rentrerai dans un mutisme, je les observerai, je n'étais pas pressée de vivre. Il fallait savoir parler. Des mois durant, ma récréation consistera à faire semblant de lire au milieu de la cour. J'ai choisi Jules Verne. *Vingt Mille Lieues sous les mers*. C'est épais. Je n'aurai pas la contrainte de changer immédiatement de livre. Tout comme la jeunesse beyrouthine, je refuserai de parler le libanais, le levantin, la langue arabe et je ferai de la langue française ma langue maternelle. Je n'apprendrai pas l'arabe, je vivrai à Beyrouth en français. Je ne raconterai pas cette histoire à mon père.

Mon père n'a pas vécu la guerre sans rien faire. Il était à Beyrouth quand le Liban s'est divisé. Sur place, la résistance s'organisait. Il fallait choisir son camp. Sa famille vivait au Sud-Liban. Mon grand-père venait des « Sept Villages », à la frontière avec l'État d'Israël. Ils avaient un passeport de réfugiés palestiniens. Mon père a fini par fuir la guerre, il a refusé de tuer des Libanais. Au mois de septembre 1982, il a déjà quitté le Liban. Je ne suis pas encore née, il assistera à la télévision au massacre des camps palestiniens de Sabra et Chatila. Mon père, l'athée, communiste, révolutionnaire avec un passeport palestinien portera longtemps la barbe en signe de deuil.

Ce que l'on voit sur mes photos d'anniversaire ? Un homme élégant et souriant. Mon père. Moi ? Une enfant triste. Je n'ai pas le souvenir d'un anniversaire où je n'ai pas pleuré. Les yeux brillants, les joues mouillées, les paupières tombantes, la peau sèche, le nez rouge, la tête baissée. J'avais toujours quelque chose. Je suis née le 14 février. Le même jour que ma maman. Le jour de la Saint-Valentin. J'avais toutes les raisons de sourire. Des parents aimants et amoureux, un gâteau, toujours une forêt noire, mon préféré. Des amis enjoués, une jolie robe que je choisissais, j'étais le centre de l'attention, j'aimais ça. J'aimais tout dans ces journées d'anniversaire. Je regarde mes photos et je ne comprends pas. Je reviens en arrière dans l'album et je me vois bébé avec des cernes. « Tu es née avec beaucoup de cheveux, ils couvraient ton visage. C'était une première pour le médecin, il les a coupés. Tu étais une toute petite chose. » Ma maman n'a pas eu peur de me porter. Elle me levait avec ses pieds pour me balancer dans le lit. Ses orteils chatouillaient mon ventre, elle attrapait mes mains. Ainsi, elle me stabilisait. Elle chantait. Je riais. Tout doucement, elle lâchait mes mains. Je tendais les bras. Là-haut, je n'avais pas peur de tomber. Sans parler, elle m'a permis toutes les audaces de la vie.

Mon père a fait de son mieux pour bien m'aimer. À chacun de mes anniversaires, il faisait le grand effort de la joie. Pas que pour la photo. Toutes ces années, il a réussi à nous cacher que son frère cadet était mort un 14 février. Il ne l'a jamais dit. Je l'ai découvert par hasard. Je n'étais plus totalement une enfant. Ils étaient tous les deux déjà morts. Je parle de mes parents. Je quitte la tombe de ma maman, je marche vers la tombe de mon père et je trébuche sur la tombe d'un enfant. Je lis la plaque et son nom correspond à celui de cet oncle, mort petit écrasé devant la maison de mes grands-parents, qui n'a toujours pas de trottoir. Nous sommes nées ma maman et moi à la date de sa mort. La peine de mon père était la mienne, je ne chercherai plus à comprendre.

Je n'étais pas plus curieuse que les autres enfants. Je voulais savoir Pourquoi ? Tous les enfants disent Pourquoi ? Accroupie, je regardais la télévision avec mon père, et craignais les mauvaises nouvelles. Il était colérique, comme si sa voix montante dans le petit salon d'Abidjan pouvait changer l'histoire du Liban. Dans les livres, j'apprenais à retenir l'empreinte des grands, Charles de Gaulle était très présent, moi je pensais aux sans-nom. Ces femmes, ces hommes et ces enfants que je voyais mourir ou se déplacer étaient mes légendes. Je viens d'une région du monde où la grande Histoire ne se lit pas dans les livres, elle se vit en direct, elle est l'extra dans l'ordinaire.

Après vingt-deux ans d'occupation, le Sud-Liban est complètement libéré de l'État d'Israël, annonce la presse le 25 mai de l'an 2000. J'allais vivre une libération. Le lendemain, mes parents prennent l'avion et arrivent à Beyrouth. Ils viennent nous récupérer à l'internat. À l'école, nous étions cinq à venir du Sud-Liban. Nous étions cinq à avoir honte de notre accent de villageois. Le directeur nous a donné l'autorisation de sortir de la classe. Il fait beau, nous sommes tous beaux. Je vais dans la chambre et enlève l'uniforme de l'école. Je jette sur mon lit ma chemise blanche à rayures et le pantalon trop grand en laine d'hiver. La veille j'avais pris soin de choisir ma tenue de libération. Je les rejoins en courant. Nous sommes en route pour le sud à la découverte des territoires libérés. Dans la voiture, ma maman sort les galettes de thym et les « bonjus », les garçons se jettent dessus. Nos amis sont contents. Je le suis. En revanche, j'ai peur que cette excitation patriotique salisse mes précieux habits du moment. Je suis en blanc. Un tee-shirt court qui laisse voir le nombril et un pantalon taille basse pour être sûre que tout le monde le verra. Mon père est heureux, il ne relève rien. Cette même tenue, portée dans un contexte, ma foi, plus léger, me vaudra cette remarque encourageante : « Tu seras une pute ma fille, et sous les ponts de Paris. » À quoi je n'ai rien répondu. Les pères ont du mal à voir leur fille grandir. Parfois, ils disent des bêtises.

— Tu vois les oliviers là-bas ?
— Non je ne vois pas.
— Lève la tête, regarde bien, suis mon doigt, sur ta droite.
— Oui je vois. (Je ne voyais rien.)
— Ce sont les oliviers de ton grand-père.

« Les Sept Villages » sont toujours occupés par l'État d'Israël. Contrairement à ce qu'affirmait la presse libanaise, tout le Sud-Liban n'a pas été libéré.

Ce jour-là, j'ai parlé à un ancien prisonnier. Il mangeait une clémentine, j'avais mal aux pieds. Je me suis assise à côté de lui. Il découvrait en l'an 2000 la chute du communisme et les portables Nokia. Ils avaient droit à une pomme à Noël. Tout était affreusement ironique. Je ne veux pas l'écrire. Je ne veux pas témoigner de son histoire. Je témoignerai de la mienne.

J'ai longtemps mis de côté cette histoire des Sept Villages. J'ai interrogé des amis libanais. Ils avaient des avis tranchés sur la libanité. Pourtant, ils ne connaissaient pas cette partie-là de l'histoire du Liban.

L'histoire dans l'Histoire, je vais la découvrir en 2021 grâce à Larry Page, le fondateur de Google. Le virtuel est un outil très romanesque. Avant le premier clic, j'ai pris soin de mettre une douce composition de Yiruma. Dans mon cerveau, j'élimine certaines sources qui, je le sais, ne seront pas factuelles. Elles seront peuplées d'émotions et ivres de ressentiments. Pas de Libanais, ils sont partisans et ils n'ont pas écrit leur histoire. Sources israéliennes ? Trop compliqué, chacun écrit sa version. Américaine ? Laquelle ? Il y a deux Amériques dans ma tête. Et si je trouvais quelque chose dans la bibliothèque de Harvard ? Beaucoup de documents sont libres d'accès et Edward Said, l'auteur de *L'Orientalisme, l'Orient créé par l'Occident*, a été professeur là-bas. Cet été, j'ai rencontré sa sœur cadette. Et si c'était un signe ? J'arrête de faire des suppositions, de réfléchir à voix haute, quelqu'un pourrait m'entendre. Je tape « Les Sept Villages » avec le sentiment d'approcher la vérité. Je lis « Les sept villages, une histoire commune. Office de tourisme de Fuveau. Fuveau est un village perché, typiquement provençal avec ses rues escarpées, son cours ombragé de platanes et son imposante église néo-gothique fortement... ». Ah, Douce France, c'est ce qui arrive quand on est géolocalisé dans un pays en paix. Je m'applique et j'oriente ma recherche : toujours entre guillemets, « Les Sept Villages » Liban, Palestine, Israël. Google comprendra avec précision ma requête. En deux clics, ma crise identitaire va exploser devant moi. La source ? Une chercheuse japonaise, Aiko Nishikida, qui, dans une enquête de terrain très informée, analyse « les perceptions et les catégorisations identitaires des réfugiés des "Sept Villages" chiites du Sud-Liban* ». Pourquoi une Japonaise ? C'est une question que je ne dois pas me poser. Mais pourquoi une Japonaise s'est-elle intéressée à cette histoire des Sept Villages du Sud-Liban ? Y a-t-il eu des restitutions de nationalité au Japon comme chez nous ? Je règle mon histoire et je verrai plus tard. L'Histoire ne manque pas d'humour.

Si je comprends bien, en 1920, la création du Grand Liban a été déclarée par le haut-commissaire français Henry Gouraud. La question des frontières entre le Liban et la Palestine n'était pas encore réglée. La France a reconnu la nationalité libanaise aux habitants des vingt-quatre villages, dont les Sept Villages, de cette zone frontalière sud.

Si je suis bien, mon grand-père était un villageois libanais. Le traité de Lausanne a ensuite été ratifié en 1923. La Palestine passe sous mandat britannique. Les vingt-quatre villages du Sud-Liban dont « les Sept Villages » deviennent palestiniens. Les habitants perdent la nationalité libanaise, et en obtiennent une nouvelle. Pendant cinquante ans, mon grand-père sera un réfugié palestinien. Le jeune homme qu'il était n'a pas pris la direction de Yaffa avec sa famille. Il n'est pas allé à l'aéroport international de Palestine. Il n'a pas acheté un billet d'avion au comptoir. Il n'a pas embarqué avec sa valise et sa bouteille d'huile d'olive. Il n'a pas atterri à l'aéroport de Beyrouth.

Il n'y avait pas de mur. La Palestine n'était pas un morceau de terre vide.

En 1948, la guerre éclate avec les milices juives, qui formeront bientôt l'armée israélienne. La famille de mon grand-père est expropriée. Cette zone est occupée par Israël et les habitants sont contraints de fuir leurs terres. La plupart d'entre eux s'exilent au Liban. Considérés comme des réfugiés palestiniens, ils ne peuvent toujours pas retourner dans leurs villages d'origine. Mon grand-père ne roulera plus avec son véhicule passé de date dans les rues goudronnées de Yaffa. Il n'économisera plus de l'argent pour aller au théâtre ou assister à un concert. Il ne mettra plus son costume pour ressembler aux Palestiniens de la ville. Les habitants des Sept Villages resteront au Liban sans nationalité libanaise pendant plus de cinquante ans.

L'Histoire est réversible. J'aurais pu naître israélienne.

Peu avant la création de l'État d'Israël, entre 1947 et 1948, la position des habitants chiites des Sept villages est très claire. Un chercheur américain, Asher Kaufman*, souligne, non sans ironie, que les notables d'un de ces villages, Hounine, ont réclamé explicitement la nationalité israélienne. Pour les Britanniques, comme pour les Juifs, ces chiites ne représentaient pas un danger immédiat. Ils étaient même parfois victimes des violences de groupes sunnites qui, eux, se révoltaient contre l'occupation des milices juives. Le futur État d'Israël leur donne raison sans toutefois leur accorder la nationalité. Cependant, le destin des Sept Villages ne diffère pas des autres villages frontaliers. Durant l'opération baptisée *Hiram*, en référence au nom biblique du roi de Tyr, la ville du sud du Liban, les Libanais chiites, sunnites et chrétiens subiront le même sort que les bourgs frontaliers palestiniens. Les villages sont pris d'assaut par les forces armées israéliennes qui tuent soixante-dix personnes, dont les corps sont exposés dans les rues de Saliha.

Les voisins libanais chrétiens de mon grand-père ont vu leur nationalité libanaise restituée peu après 1948. Dans les années 1950, près de cinquante mille réfugiés palestiniens chrétiens obtiendront la nationalité libanaise. Mon grand-père et les autres villageois musulmans chiites devront attendre 1994 pour la restitution de leur nationalité libanaise. Il redevient ce qu'il était auparavant, un villageois libanais. En l'an deux mille et quelques, à la télévision libanaise, un député s'agitait en réclamant la destitution de la nationalité aux habitants des Sept Villages. Les maisons, elles, n'ont été restituées à personne. Ce sont les faits.

Mon grand-père me dira uniquement cela : Ils étaient armés, ils nous ont fait sortir de la maison, ils ont installé une famille juive. On n'a pas abandonné notre maison et nos champs d'oliviers. On a sauvé nos vies et celles de nos ânes. On ne voulait pas mourir à Tarbikha. Palestine, Liban, Israël. Dieu est notaire, les humains sont ses fervents clercs.

Il y a quinze ans, j'enterrais ma maman. Non, ils enterraient ma mère. Je n'ai pas eu le droit d'assister à l'enterrement. Selon les institutions du Dieu de ma religion, la femme est un être vivant beaucoup trop fragile. Il faut la préserver de la mise en terre de l'être aimé. La mort, comme beaucoup d'autres choses de la vie, est organisée par les hommes. Les porteurs de testicules seraient mieux équipés pour penser le savoir-vivre en temps de mort. Dans la tradition, l'enterrement s'organise dans les vingt-quatre heures qui suivent le décès. Rendons grâce à mon père, cela n'a pas été respecté. Il a été formel, ma maman ne serait pas mise sous terre avant que mon frère et moi arrivions de Paris. Ma maman n'est pas morte comme ça... Dieu lui devait bien cela. Le respect de la religion. Le culte de la mort, l'important est celui qui part, les vivants des deux sexes confondus vivront quarante jours de deuil, quelques jours me concernant, trop fragile selon mon père. L'athée communiste révolutionnaire se pliera tout de même aux coutumes locales. Je verrai ma maman partir dans un linceul. Il était serré. La dame qui l'a enveloppée avait peut-être peur qu'un bout d'elle ne s'échappe. Ils l'ont posée sur la table à manger. La veille, elle était congelée. Là, j'ai eu peur de la toucher. Je ne voulais pas abîmer ce qui restait d'elle. Je lui ai dit de ne pas avoir peur et j'ai dit aux femmes de ne pas crier. Elles se lamentaient. Ma maman n'aimait pas les cris, cela, je ne l'ai pas dit. J'avais peur, mais j'ai parlé. J'ai parlé en arabe, je n'ai pas pensé à mon accent. J'ai dit aux femmes que je ne connaissais pas de ne pas crier car Dieu n'aimait pas les cris. C'est sorti comme ça. Ils sont partis avec elle et je suis restée avec elles.

— Je ne comprends pas. Vous m'avez expliqué que ma maman est morte en martyre, qu'elle irait, quoi qu'il arrive, au Paradis. Son âme est sauve que j'assiste ou pas à l'enterrement.

— Mais de quoi tu parles ? Il faut respecter la parole de Dieu. Ce n'est pas parce qu'elle est morte en martyre qu'on va faire n'importe quoi.

— Soixante-douze vierges attendent les hommes qui meurent en martyrs. Combien de mâles pour les femmes ?

— Paix à son âme ; une femme est pure, elle sait qu'elle ne peut épouser en même temps plus d'un homme.

Je ne pouvais rien répondre à cela. Une réalité brutale. J'apprendrai à me taire. Les plats s'accumulaient sur la table à manger où ma maman était posée quelques heures avant. Elles ont mangé. Je les ai regardées. Je suis sortie fumer. À cet instant, je rêve d'un enterrement à l'église. Les musulmans et les juifs ont le sens pratique de la fête, les chrétiens le sens moral de la mort. Ma maman vient de mourir. Elle avait quarante-deux ans. Je déroule le film de ce deuil sans fin. Mon grand frère l'a enterrée. Il a posé sa main sur son front. Il m'a dit que les traits de son visage étaient détendus. Il était calme. J'ai appelé le fleuriste. J'ai commandé assez de roses rouges pour ne pas voir sa tombe. Je l'ai couverte. J'ai vidé mon compte en banque pour qu'il en soit ainsi durant des mois. Les religieuses m'ont dit qu'il serait plus sage de faire une donation à une association d'orphelins. Elles m'ont aussi gentiment écrit sur un papier une prière. Il fallait la lire plusieurs fois, répéter certains paragraphes et changer l'ordre.

J'ai essayé. Je n'arrivais pas à me concentrer. Ma maman aimait les fleurs. Je ne donnerai rien aux nécessiteux. Je fumerai des Vogue avec ma maman. Je déposerai le paquet de cigarettes sur sa tombe. Elle était bien vivante avant d'être morte. Si j'avais été en accord avec mes envies, j'aurais mis de la musique, fais du bruit, et j'aurais dansé ma peine dans ce cimetière.

Les années ont passé. C'est le jour de notre anniversaire, j'ai pris l'avion, je suis revenue te voir. On dirait que tu n'as pas reçu de visites ces derniers mois. Ta tombe est vide. Je ne suis pas mieux que ces autres. Je te couvre moins. Il fallait me voir gigoter les mains vides. Me voilà, sans même une cigarette à fumer à tes pieds.

Les autres tombes sont fleuries. Et ce ne sont même pas des martyrs. Ils sont morts comme ça. De causes naturelles. Des roses bleues en plastique, ils aiment ça ici. Je les ai entendus dire que les fausses fleurs résistaient mieux. Résistaient mieux « à quoi » ? Je ne sais pas. J'ai failli m'introduire dans la conversation. Je me suis vue leur poser des questions auxquelles je n'attendais aucune réponse. Je me suis imaginé les confronter à la médiocrité de leur vie. Je n'ai rien dit. J'ai pleuré en criant. Ce n'était pas joli, mais attends. J'ai fait preuve de créativité. J'ai volé les fleurs d'un vieux monsieur. Il était mort. J'ai volé des fleurs moches. Elles n'allaient pas avec ta tombe. Elles étaient fausses, chimiquement colorées et toujours en plastique. Je les ai posées sur le bord. Les morts ne jugent pas. Les visiteurs de tombes me regardaient faire. Deux femmes, des enfants, un jeune homme étaient là. J'ai aimé voler les fleurs. Je me suis jetée sur ta tombe. J'ai balbutié quelques mots. Ma salive s'égouttait. La mâchoire bloquait. Je n'ai pas réussi à faire la prière adéquate. Tu me connais, ce n'est pas à la commande. J'ai oublié comment terminer cette prière qui soulagerait ton âme ou mon âme. J'ai tout oublié. Mon nez coulait, ce n'était vraiment pas joli, mais attends. Je suis allée voir ton amoureux. Baba reçoit des visites, sa tombe est propre et il a un pot avec de la sauge. Je le prends. Je ne vole pas mon père. Vous étiez mariés sous le régime de la communauté de biens. Je suis revenue me poser avec toi. Je me suis à nouveau levée, j'ai enlevé ma veste blanche, je l'ai frotté sur ce marbre blanc. Je veux retirer cette poussière sombre. Un voisin me fixe de son balcon. Il a l'air d'apprécier son café avec vue sur le cimetière. Je ne comprendrai jamais rien à ces gens-là. Il porte un marcel blanc comme moi. Je suis impeccable, ses poils gras dépassent.

Ce n'est vraiment pas joli. Ici, rien n'est joli. Je n'ai pas de feu pour allumer cette sauge. Je ne fume plus. Je ne peux pas voler les prières débitées sans accroc de ceux-là mêmes qui sont venus avec les vilaines fleurs. Prier, c'est facile pour eux, ils n'ont que cela à faire de leur vie. Je lève la tête vers le ciel. J'ouvre les yeux. Je vois cet arbre à tes pieds. Tu es à l'ombre. Les fleurs blanches couvrent ta tombe et ce qui est écrit dessus. « Celle qui est morte en martyre... » Tes fleurs sont vivantes. Cet arbre a résisté à la main humaine, aux faux-semblants des vivants qui marchent dans ce cimetière. J'ai arrêté de frotter. J'ai souri, c'était joli. Le barbu qui m'accompagnait n'a pas vu cela. Il est entré dans le cimetière avec moi. Il m'a accompagnée sur la tombe de ma maman. Il a vécu autre chose. Il a entendu l'appel à la prière du muezzin. Le début de la fin. Il s'est senti observé par deux femmes. Elles étaient voilées. Accroupies sur une tombe un peu plus loin, elles le fixaient, téléphone à la main. Dans sa poitrine, l'air s'est comprimé. Deux enfants sont entrés dans le cimetière. Le plus jeune avait un fusil à la main. Tous les enfants du monde ont joué aux cow-boys avec des pistolets. Dans ce cimetière, c'était un vrai fusil. Il a vu passer lentement plusieurs camions aux vitres teintées. Il a eu peur. Il a transpiré jusqu'aux pieds. Il a quitté le cimetière. Mon amoureux était juif, il deviendra mon mari. *Juif* est une insulte en France, comme je le saurai bientôt. Cela dit *Arabe* est une anomalie. *Musulman* est un terroriste.

Elle a dix-huit ans, moi treize. Je rencontre ma cousine maternelle. Nos mamans sont sœurs. Elles sont proches. Ils sont arrivés comme des Bédouins. En voiture par la route 65, me dit-elle. Ils n'ont pas pris l'avion, ils ont pourtant l'air d'avoir de l'argent. Une grande Mercedes blanche est garée dans le jardin. Il y a des malles, ils sortent des habits. Ils ont définitivement quitté l'Arabie Saoudite pour le Liban. Aucun meuble, la maison est vide. On rentre par un très long couloir. Il fait froid, la climatisation est déjà installée. Dans les chambres, les matelas sont posés par terre. Il y a des couvertures. Elles sont épaisses, en polaire, le motif imprimé est affreux. Je les connais bien ces couvertures hideuses, ma grand-mère paternelle nous demandait de les plier quand on était chez elle. En revanche, je ne me rappelais pas ce toucher doux plus enveloppant qu'un plaid en cachemire. L'encens brûle, son odeur couvre le bruit qui résonne dans chaque pièce. Ma première expérience olfactive agressive. Deux parents et cinq enfants. Les parents sont petits et cousins germains. Les enfants sont petits et malades. À l'exception d'Abeda.

C'est la première fois que je vois ma cousine. Elle se couvre et se découvre en fonction des gens qui viennent souhaiter la bienvenue. Elle porte des talons aiguilles très hauts. Elle marche droit sans plateformes pour supporter tous ses pas. Elle est apprêtée. Elle porte un jean stretch, un body noir à manches longues, une ceinture fine marque sa taille. Elle porte une abaya noire et ouverte sur ses vêtements. Son visage est doux, elle est souriante. Elle ne dit pas un mot, elle converse avec le regard. Ses yeux ne se ferment pas quand elle sourit. C'est tout à fait possible. Elle ne répond pas quand les autres lui parlent. Pourtant, c'est tout comme si elle parlait. Elle retient l'attention.

Tout le monde lui demande comment elle va. Elle parle enfin. Elle répond « Merci Dieu ». On entend à peine sa voix. On dirait qu'elle prie. Elle est douce. Ma cousine est polie, elle maîtrise sa bouche. Elle joue du piano. Elle a l'oreille absolue. Ils l'ont dit en arabe, je n'ai pas compris. C'est « la normale » de la famille. Ça, je l'ai entendu. Son grand frère a une maladie des os, ses membres inférieurs sont légèrement incurvés, sa tête est ronde mais forme une vague de chaque côté. Il parle beaucoup avec ses très petites mains, tout reste compréhensible. Il a l'air très gentil. Ses deux autres sœurs sont encore plus petites de taille, pas naines mais très petites. Les corps ressemblent à de très grosses poires. Elles sont très fines en haut et très larges en bas. Vraiment larges en bas. Je ne sais pas comment elles trouvent des habits. Les jambes sont encore plus petites. Elles doivent faire plus de retouches de vêtements que nous. L'une est sourde. L'autre porte des lunettes très épaisses. Ils sont contents de nous voir. Ma cousine est très attentive avec ses frères et sœurs. Le dernier est trisomique. Elle le porte. Elle le pose. Elle sert du Coca. Elle apporte des gâteaux. Tout le monde est assis et regarde son corps se mouvoir sous son abaya. Une jambe apparaît, un sein disparaît. Elle est gainée dans ses vêtements. Un peu trop serrés, mais sans jamais trop montrer. Elle est ce qu'on veut d'une femme. En équilibre.

C'est presque érotique de voir ma cousine se pencher et servir les invités. J'ai treize ans et je vois tout cela. Je ne la désire pas. Je ne me masturberai jamais en pensant à elle. En revanche, j'imagine chaque homme du village le faire. Du plus jeune des garçons assis sur un banc, les jambes écartées, le sexe fier, au plus âgé des vieillards avec sa main cherchant sa canne tremblante. Je vois tous ces sexes masculins gonfler en la regardant poser son pied sur le trottoir. Ils bandent. Elle règne en baissant les yeux. Abeda a la peau transparente, on voit ses veines. Ses taches de rousseur couvrent son nez en trompette. Sa texture porcelaine. Elle a un goût. Cette fille a une saveur. Son visage est impeccable, il n'a sûrement jamais vu le soleil. Elle porte des lentilles bleues, ses yeux verts ne sont pas assez clairs. Sa pâleur, sa signature. Je la jalouse. Je ne jalouse pas son physique, je jalouse sa maîtrise de fille bien.

Abeda est croyante. Elle aime profondément Dieu. **Elle fait** ses cinq prières. Elle rate la prière de l'aube, **elle** se lève un peu avant midi. Elle passe la prière de la mi-journée, l'heure du déjeuner. Elle échappe à la prière de l'après-midi, comme à la prière du coucher du soleil. Abeda a peur de Dieu et regroupe toutes ses prières auxquelles elle ajoute des « sourates », des prières en extra de connaisseur… à l'heure de la prière du soir.

Abeda. La racine de ce prénom est arabe. Abed, c'est celui qui adore Dieu. Il est son esclave. *Abeda*, c'est « esclave » au féminin.

Je lui dis qu'elle m'énerve.

— De qui parles-tu ? répond Abeda.

— Ma maman !

— Un homme demande au Prophète Mohammed (« Sur lui la bénédiction et la paix ») : « Qui dois-je le mieux traiter ? » Le Prophète lui répondit : « C'est ta mère ! » « Et ensuite ? », dit l'homme. « C'est ta mère » fit le Prophète (« Sur lui la bénédiction et la paix »). « Et puis ? », dit l'homme. « C'est ta mère », répondit le Prophète. « Et ensuite ? », continua l'homme. « C'est ton père », finit par dire le Messager de Dieu.

— Mais comment fais-tu Abeda pour retenir toutes ces phrases ?

— Ce n'est pas compliqué, dans la religion, on commence toujours par la mère et le père arrive à la fin.

Le Coran, elle le connaissait par cœur, la parole impeccable, elle l'avait. Dorénavant, elle négligera ses prières. Ses parents ne lui diront rien. Elle ne se fera pas sermonner. Elle était la plus assidue dans la pratique de la religion. Une nouvelle vie dans un petit village au sud du Liban, loin de l'Arabie Saoudite. Ils ont été expulsés du pays. Un prince avait vu ses yeux, il avait imaginé sa chair sous son voile. C'est ainsi qu'il était tombé amoureux et avait demandé sa main à ses parents. C'est bien d'épouser un prince. Ses parents ont quand même hésité. Il avait cinquante ans, elle en avait quinze. Ils ont consulté un ouléma de confiance. D'une voix posée, le théologien a rappelé au père et à la mère que l'islam ne fixe pas d'âge légal au mariage, pour les deux sexes. Les parents ont réfléchi : un mariage précoce éloignerait-il le risque d'un péché futur ? Le savant religieux a tout de même suggéré d'en parler directement avec Abeda. Ce qu'ils ont fait.

— Abeda, on craint qu'en retardant ce mariage, tu manques l'opportunité d'épouser un prince.

— La satisfaction d'Allah est dans la satisfaction des père et mère.

Elle parlait vraiment comme cela. Elle extrayait des phrases du Coran et répondait aux gens. L'ingratitude filiale est un des péchés majeurs de l'islam. Abeda était de bonne foi. Son père, sa mère aussi. Elle ne répondra pas autre chose. La famille est sacrée. Qui fallait-il convaincre ? Les parents conclurent par eux-mêmes : la différence d'âge était bien trop grande. Ils étaient plus jeunes que le prince. Face à Abeda, ils n'évoqueront pas les trente-cinq ans qui la séparent du prince. Elle est croyante, pratiquante et toujours à la recherche de la bonne voie à suivre. Dans les écrits, la différence d'âge ne fait pas l'objet d'une limitation précise au mariage, mais les choses évoluent. Ils lui diront que le temps de se marier n'est pas venu. Les parents s'étaient parfaitement intégrés en Arabie Saoudite. Ils se sont convertis au sunnisme, courant religieux du royaume. Ils ont pris soin de changer le prénom du grand garçon, il ne s'appellera plus Hussein mais Omar. Zyad, le petit dernier, portait déjà à la naissance le prénom de celui qui s'amusait, avec son bâton, à curer les dents du crâne de l'imam Hussein. Le guide des chiites sera exécuté devant sa famille. Il est permis de dire qu'il est mort en martyr le 10 octobre de l'an 680 à Kerbala, en Irak. À ce jour, la politique, l'argent, la religion, le sexe naviguent entre les pôles extrêmes du goût et du dégoût. La demande en mariage du prince était quasi officielle. Il s'était rendu dans la demeure familiale de celle qu'il convoitait accompagné de sa mère. La visite était planifiée. Deux ans durant, les parents allaient consacrer leur existence à enjoliver ce refus. Les oreilles du prince étaient sensibles, ils seront expulsés du royaume d'Arabie saoudite. Le prince épousera une autre Abeda.

Les années passèrent. Entre Abeda et son père, une relation subtile s'installait. Cet homme était doux et affectueux. Comme il l'avait fait en Arabie Saoudite, il s'évertuait à la protéger sans emprise. Son éducation était faite, elle avait sa confiance. Elle était en bonne santé, il ne lui refusait rien. Sa fille à ses côtés, il était heureux. Son père était son modèle. Le modèle masculin qu'elle cherchera, elle ne fuira jamais les hommes. Elle aimait leur compagnie. Quand un homme lui parlait, quel qu'il soit, elle baissait les yeux, comme lors de notre première rencontre. Désormais, on entendra son rire, on verra ses dents. Elle avait peur de les voir jaunir. Elle ne boira jamais de café. Elle préparait son maté et se joignait aux autres femmes de la famille. « La boisson des dieux au Brésil » disait-elle. Elle le sirotait avec une paille en métal doté d'un filtre à son extrémité. Elle m'a fait goûter. Le maté est amer. Elle en consommait à longueur de journée. C'était une addiction. Derrière les murs de sa maison, elle devenait anxieuse. Elle avait des palpitations. Elle avait peur pour son cœur. Elle s'alimentait peu, se pesait constamment et terminait toujours en mesurant sa taille fine. Au Liban, elle avait appris à exposer son corps aux yeux des hommes. Elle et ses parents étaient devenus une famille d'artistes. Elle osait. Le sourcil épilé, structuré et pigmenté. Les yeux charbonneux, la bouche rouge dessinée entièrement au crayon. Lentement, devant sa glace, elle ourlait le contour de ses lèvres. Sa mère, elle, n'osait pas penser que cela était outrancier. Ma maman disait les choses simplement. Son maquillage était joli mais un peu trop chargé pour passer une après-midi dans le jardin. Pourtant, j'étais troublée. Avec Abeda, ma maman, qui n'était pas d'une grande patience, prenait un moment pour réfléchir à ce qu'elle allait dire. Ma cousine l'entendait, elle l'écoutait. Abeda faisait la balance. Elle forçait ses proches à se soucier d'elle. Les inconnus aussi. Son père, sa mère, ses frères et sœurs n'étaient pas complètement détendus avec elle. Ils s'aimaient ainsi. Elle ne dominait pas, ne rabaissait pas et pourtant elle dirigeait son monde. Personne ne lui a jamais demandé ce qu'elle voulait faire de sa vie. Abeda vivait sa vie. Elle partageait sa chambre avec sa sœur. Elle fermait la porte à clé. Elle se confinait un temps. Elle ne faisait rien d'extraordinaire. Abeda organisait sa vie : ranger son maquillage, bien repasser ses vêtements, lustrer ses chaussures, vérifier la lanière de son sac, régler la longueur. Elle le portera toujours à l'épaule gauche, tombant sur les hanches. Quand Abeda marchait, son sac cognait ses fesses. Au sud du Liban, il y avait encore moins de trottoirs qu'à Beyrouth. Descendre de la voiture, faire quelques pas, attendre qu'on lui ouvre la porte du restaurant, elle le vivait comme une montée des marches à Cannes. Elle ne disait plus *choukrane*, elle disait *merci* en étouffant le R. C'est de la voiture de ma maman qu'elle descendait. Elle aimait sa compagnie. Ma maman aussi.

Elle était une pièce rapportée. Je m'efforçais d'être bienveillante. Comme je m'efforçais avec tout ce monde qui ne me concernait pas. Je partagerais volontiers ma chambre. Je devrais réorganiser uniquement mon temps de masturbation. Je ne me frotterais plus sur l'autre oreiller de mon grand lit. Je fuyais l'idée, cela dit j'étais bien tentée. L'odeur de mon vagin pénétrant par ses narines et venant envahir sa tête. Avec le temps et la sage personne que je suis devenue, je me dis : j'aurais dû me masturber en me frottant sur son oreiller. Abeda faisait tout bien. Le temps passait et elle continuait à bien se comporter. En sa présence, je me posais des questions sur ma propre nature. Mes pensées m'effrayaient. Qu'il s'agisse du plus banal des agissements comme de m'exprimer en public. Parler, entendre ma voix monter un peu trop fort parce que je ris, me faisait dire que je n'y arriverais pas. J'étais la mauvaise fille. Elle ne le savait pas. Tout ça était dans ma tête d'enfant privilégiée qui, le reste de l'année, ne vit pas dans un village.

Elle se posait toujours là où mes parents la mettaient. Elle ne demandait rien. Elle passait ses vacances avec les parents, mes parents. Abeda avait notre âge. Elle ne restait pas avec nous. Nos vacances d'été pouvaient sembler répétitives. On aimait bien. Chaque année, c'était les retrouvailles avec la famille et les amis. Nous avions nos habitudes. Mes parents et leurs amis sortaient beaucoup le soir. Théâtre, concert, mariage, jeux de cartes chez les uns, dîners plus formels chez les autres. Abeda les accompagnait partout. Le matin, ils avaient du mal à se lever. Nous, les enfants, passions la journée à la plage. À tour de rôle, chacun organisait chez lui les couchers de soleil. C'était aussi le temps des « parties ». Nous étions un joli groupe de « filles et fils de » Libanais d'Afrique. Les premiers concerts, les premières amours, les toutes premières chaussures à talons… Tout cela était bien chaste. Elle avait beau être de notre génération, Abeda ne partageait aucun de ces moments avec nous. Cela ne pouvait pas fonctionner. Nous étions de deux mondes. Elle venait de l'Arabie Saoudite. Grandir là-bas, c'était passer directement à l'âge adulte. Elle n'a pas connu d'adolescence. Avec ma cousine, je partagerai uniquement ma chambre et les repas de famille. Des repas souvent organisés par ma maman. Ils étaient impressionnants, mais chaleureux. Sa manière à elle d'éviter les visites de chaque membre de la famille et sa descendance. À la fin des vacances, elle invitait tout le monde. L'été, elle aimait le passer avec mon père et ses amis. Elle culpabilisait de ne pas prendre le temps de voir sa famille dans le sens large du terme. Cette soirée de départ était l'occasion de bien faire les choses. Il y avait toujours des musiciens. Les tables blanches étaient dressées dans le jardin. L'atmosphère était douce. Fin août, il commençait à faire moins chaud. J'étais la première à danser. Ma maman applaudissait. Je me donnais en spectacle. Abeda ne dansait pas, elle minaudait dans un coin. Quand je la croisais, elle souriait aussitôt.

Les vacances d'été ont toujours une fin. Ma maman fermait la maison. Abeda retournait dans son village. Elle ponctuait ma vie. Sans l'envahir. J'habitais déjà à Paris.

À Paris, nous avions chacun nos vies. Ma maman prenait très au sérieux ses responsabilités. Elle avait un défi quotidien, maintenir en vie mon petit frère atteint d'une maladie grave. Mon grand frère était l'assistant maternel. Il était là. Il veillait même à son sommeil. Et moi ? Dans mes livres et dans ma chambre. Quand je sortais c'était pour donner mon avis. J'étais de celles et de ceux qui avaient un avis sur tout. Un avis bien tranché. De ceux qui vous cisaillent la peau. Les mots qui sortaient de ma bouche étaient durs. J'étais impétueuse. Je me plaisais à pousser les autres à bout. Par la parole, j'aimais extraire ce qui moisissait dans les intestins de chacun. Mon père, c'était la guerre et Israël. Ma maman, la paix de son foyer. Il ne fallait surtout pas y toucher, le déranger, la perturber, le déstabiliser ou la bouleverser. Ma maman tenait à son foyer. C'était sa priorité. Quand je me fâchais avec mon père, ce qui arriva souvent dès l'adolescence, elle me disait : « Je t'aime, mais ne pense jamais que je t'aimerai plus que j'aime ton père. Pareil pour tes frères. » C'était une femme amoureuse. Mon grand frère, c'était le sport et le bien-être. Il s'étirait avant que le monde s'y mette comme si Giacometti le sculptait. Le petit et sa maladie. Je bousculais physiquement mon petit frère, être malade n'était pas une raison pour ne pas me conduire en grande sœur. C'était bien lui, et sa maladie, qui avaient pris ma place de petite dernière. Tout le monde avait peur pour lui. Ma maman la première, mon père aussi, mon grand frère beaucoup. Je disais qu'il allait tous nous enterrer. Il a survécu à mes parents. Mon petit frère, si fragile, a survécu au chagrin. Ma maman est morte à quarante-deux ans, mon père a arrêté de vivre à cinquante-deux ans.

Ils avaient dix ans de différence. Elle prétendait qu'ainsi elle aurait toujours l'air plus jeune que lui. La coquetterie ? Abeda allait dans le sens de ma maman : une femme vieillit plus vite qu'un homme. Et cette « petite » différence d'âge permettrait à la femme d'être toujours désirable aux yeux de son mari. Ainsi il n'ira pas voir ailleurs. Autour de moi, cet écart d'âge était plus ou moins la règle, mais la règle n'empêchait pas d'aller voir « ailleurs ». J'ai assimilé cette information dès l'adolescence. Je ne me suis jamais intéressée aux garçons de mon âge. Celui que j'ai choisi d'épouser était plus âgé de six ans. Ça va ? Son âge n'était pas un critère. Il avait des qualités humaines qu'Abeda n'a pas connues. Il n'existait pas encore dans ma vie lorsqu'elle est venue à Paris passer les vacances et vivre quelque temps chez nous. Sortie de son village, j'ai cherché à mieux la connaître. Nous vivions dans le 16ᵉ arrondissement de Paris. 16ᵉ sud. Au dernier étage de l'immeuble, l'appartement était grand. Une grande terrasse côté salon, salle à manger et cuisine. Trois chambres à coucher, chacune sa salle de bains et son balcon. Bien évidemment, je ne l'aimais pas cet appartement. Mon père l'avait acheté à son ami bordelais avec qui il avait fait fortune en Côte-d'Ivoire. C'était un de leurs pied-à-terre. Nous avions certes vue sur tous les toits de Paris. En revanche, il ne faisait pas parisien. Avec ses boiseries et son marbre au sol, on aurait dit un appartement beyrouthin. Il n'y avait pas de parquet, ni de cheminée, encore moins des moulures. Avant de mourir ma maman avait commencé des travaux pour qu'il fasse un peu plus parisien. Elle avait mis des moulures. À son arrivée, Abeda m'a fait remarquer que de ma chambre et du balcon presque aménagé on voyait la tour Eiffel. Comme si je ne vivais pas ici. J'allais à moitié partager ma chambre avec elle. Quand mon père n'était pas là, c'est-à-dire souvent, elle dormait à côté de ma maman.

Dans ma chambre, j'avais un très large bureau, une grande armoire et un lit une place. J'étais contente. Elle dormirait sur un matelas par terre. Je me disais qu'ainsi elle serait peinée. Elle dormait peu, ça n'avait pas l'air de l'inquiéter. Comme chaque personne qui découvre Paris pour la première fois, elle voulait tout voir. Paris le jour et Paris la nuit surtout. À quelle heure s'allument les lampadaires dans la rue ? Je lui ai répondu que ça s'appelait des « réverbères ». J'ai expliqué qu'un poète français, mort jeune, à son âge, en avait fait un très beau poème. Je me suis étendue. J'ai débité comme quand on appuie sur un bouton. Elle souriait. Elle s'en foutait de Rimbaud, de sa mort à lui et des réverbères, mais savait être toujours polie. Elle se maîtrisait encore plus avec moi. Elle me connaissait encore mieux que moi-même. On ne s'est jamais disputées. À cause ou grâce à elle.

Elle attendait que je m'endorme pour venir dans la chambre. Le matin, elle guettait mon départ avant de se lever et se préparer dans ma salle de bains. Elle laissait traîner mes affaires. Elle rangeait les siennes. Elle n'a jamais posé sa brosse à dents près de la mienne. Tout était soigneusement rangé dans une trousse qu'elle glissait, j'imagine, aussitôt la bouche propre, dans sa valise posée derrière la porte de ma chambre. Pourtant, l'air qu'elle respirait m'encombrait. Elle était comme un fantôme dans mon cerveau. Je m'intéressais à tout ce qu'elle faisait. Le plus important était ce qu'elle ne faisait pas. Elle ne fumait pas, elle crapotait. Elle n'allait pas se faire faire les ongles, elle les faisait elle-même. Elle enlevait la peau jusqu'au sang, elle mettait de l'alcool comme si de rien était. Elle ne criait pas. Elle sortait en petite robe et ne tombait jamais malade. On aurait dit une Anglaise à Paris. Elle ne s'affalait pas. Assise, elle avait le dos droit, les reins en tension, les fesses au bout du canapé, ainsi ses pieds touchaient le sol. Elle avait la tête là.

Quand on marchait dans Paris, j'assistais au même cirque que dans son petit village du Sud-Liban. J'avais surtout l'impression d'être la seule pour qui cela était important. Tous avaient une opinion sur tout et pourtant personne ne relevait la façon d'être d'Abeda. Elle me frustrait. Je ne le formulerai jamais, je l'observerai. Elle marchait à son rythme, elle se mettait à l'écart pour qu'on la remarque. Devant l'entrée du café du Trocadéro, elle s'approchait, la tête légèrement baissée, se faisait ouvrir la porte et souriait. Ma maman était gaie. Abeda l'éloignait de sa solitude parisienne. Elle s'accordait du temps. Ma maman ne me disait plus de sortir la tête de mes livres. Elle ne faisait plus l'inspection de ma chambre. Elle n'insistait plus pour que je range mes tee-shirts par couleur, mes pantalons par matière : les jeans avec les jeans, les pantalons jogging avec les pantalons jogging, et ainsi de suite. Elle ne vérifiait plus si les ouvertures des cintres étaient orientées dans la même direction. Ni si je retournais le cintre dans l'autre sens chaque fois que je remettais un vêtement dans l'armoire. Elle ne mettait plus sa tête dans mes souliers, elle ne me tendait plus les lingettes pour nettoyer les semelles. Elle ne me demandait plus s'il y avait des lacets à laver et si je les avais bien glissés dans chaque œillet. L'anatomie de mon placard à chaussures ne faisait plus partie de ses priorités. Ma maman n'ouvrira plus mon armoire.

Dès le matin, ma maman s'habillait. C'était le printemps, elle portait une maille noire à col rond, un pantalon étroit, ni taille haute ni taille basse, le pantalon normal, noir ou gris. Des mi-bas qui glissaient parfois et des ballerines. Au réveil, elle se lavait les cheveux, elle ne les ramassait plus sur le haut de sa tête. Elle les séchait, les lissait et laissait son carré glisser sur son visage. Elle s'hydratait. Elle se tartinait le visage avec la crème Avène ou La Mer. Ma maman se préparait à sortir tous les jours. Elle savait où elle allait. Même quelques heures. Elle programmait leurs sorties. Tout était possible. Elles n'attendaient personne pour vivre leur vie. Elles avaient de grands projets. Elles ont visité le château de Versailles. Elles sont parties en taxi. Abeda aimait Marie-Antoinette. Au Château, personne ne parle l'arabe. Elles n'ont pas pris d'audioguide. Elles ensemble, on aurait dit que c'était le plus beau que ma maman vivait. C'était léger. Elles se sont rendues sur les hauteurs de Montmartre, Abeda était en talons. Elles nous ont fait croire qu'elles avaient grimpé les 222 marches du Sacré-Cœur. Ma maman avait offert un appareil photo numérique à Abeda, il ne la quittait pas. Elles ont fait leur première photo ensemble sur le parvis, elles nous l'ont montrée. L'une à côté de l'autre, Abeda est accrochée à ma maman. Elles se sont attablées place du Tertre. Elles ont mangé une crêpe en marchant et se sont à nouveau posées pour se faire caricaturer. Voilà ce qui manquait à la vie de ma maman à Paris.

Le visa tourisme d'Abeda arrive à expiration. Elle doit rentrer à Beyrouth. Elle a envie de rester. Elle veut prolonger son visa sur place. Je suis assise à l'autre bout du salon, les jambes écartées sur le canapé. La petite voix dans ma tête parle avec moi-même : elle a cru que la France, c'était le MacDo. Tu commandes de la merde, et on te sert. Je m'exalte. J'aime l'administration française, elle éduque les gens. À cet instant-là, j'ai été possédée par un enthousiasme fulgurant. Je le ressens à nouveau, il s'éteint aussitôt mais il est vif. Elle ne me demande pas ce que j'en pense. Elle sourit. Je souris. Je propose de me renseigner. Le prolongement d'un visa Schengen sur place est un privilège rare. Il faut justifier à la fois d'un motif légitime et impérieux. Avec joie, je m'empresse de le traduire en arabe. Et si on pouvait avoir une lettre du professeur Carel ? Elle avait retenu le nom du médecin de mon petit frère. Une lettre expliquant que ma maman aurait besoin d'elle à ses côtés, comme un regroupement familial... La pièce rapportée m'explique qu'un chauffeur de taxi arabe lui aurait dit que ce n'était pas très grave de dépasser de quelques jours la date de validité d'un visa tourisme.

L'été approchait, Abeda se rassurait. Quelques semaines à Paris en situation illégale ne l'empêcheraient pas de revenir. L'école est finie. On ne va plus à l'école mais on dit toujours « l'école est finie ». C'est les vacances. Mon père est arrivé la veille de Côte-d'Ivoire, toute la famille rentre au Liban, ma cousine avec nous. À l'aéroport, l'agent de la police aux frontières tamponne en rouge et en grand son passeport. Il se passe des choses sérieuses. Cela me ravit. Les choses qui nous dépassent rendent les gens silencieux. Ils sont là, la bouche ouverte mais fermée. Je ne sais pas s'ils éprouvent de la peine pour elle ou s'ils taisent un avis sur sa bêtise.

Avant le 11 septembre 2001, l'accès du cockpit était encore autorisé à certains voyageurs qui le demandaient. Ils pouvaient faire des photos avec les pilotes de l'avion. Après le 11 septembre, l'ambassade de France ne s'encombrait plus de celles et ceux restés sur le territoire illégalement. Interdiction d'entrée. Le prénom et le nom de ma cousine figuraient désormais sur une liste Schengen, celle des passeports avec un tampon rouge.

Pour la forme, Abeda renouvelle son passeport. Elle restera au Liban. Son projet de grande voyageuse mis de côté, elle fera le régime protéiné du docteur Dukan. Elle puera de la bouche. Personne ne lui en fera la remarque. Elle était bavarde et disait que le régime fonctionnait. De retour dans son petit village du Sud-Liban, son hygiène de vie était sa priorité. Il n'y avait plus de distractions. Elle n'avait que cela à faire, s'occuper d'elle-même. Elle mesurait sa taille en avalant son ventre. Elle était capable de se voir sans un miroir. Elle s'observait et se corrigeait constamment. Certes, les hommes la désiraient, mais aucun ne la courtisait. L'anomalie de ses frères et sœurs handicapait son projet de mariage. La société orientale ostracisait les malades et leur famille. Son monde se fermait.

Elle était nostalgique de l'Arabie Saoudite et de son histoire de prince. Elle rêvait de France aussi. Il y avait cet homme, un banquier monégasque à la retraite. À Paris, il vivait chez sa mère. Il était d'origine libanaise. Ils se sont rencontrés sur une terrasse. Abeda était avec ma maman, lui avec la sienne. Ils ont pris le thé, tout le monde fumait des cigarettes. Abeda était presque habillée comme la mère du banquier. La dame était rigoureusement chic, une veste légèrement évasée, une blouse en soie délicatement rentrée dans une jupe souple. Son vestiaire, Chanel. L'autre, une copie étriquée. Elle voulait tout montrer. Certaines après-midi, Abeda disparaissait. Elle n'avait pas de téléphone. Elle disait qu'elle partait marcher. On ne marche pas en talons. Je savais qu'elle allait le voir. J'imaginais ce qu'ils faisaient. Ils flirtaient sûrement. À chaque fois, ils se touchaient de plus en plus bas. Ils devaient aller de plus en plus loin sans jamais coucher ensemble. Comme moi, elle devait rester vierge jusqu'au mariage. Est-ce qu'elle a essayé la sodomie ? Est-ce que ça fait mal ? Est-ce qu'elle a eu mal ? Je me suis longuement posé ces questions et dans cet ordre-là.

Les années ont passé, je vivais isolée. J'étais malheureuse mais je ne le savais pas. Je croyais que la vie se déroulait ainsi. J'ai croisé le vieux banquier à la retraite. Je me suis jetée sur lui. Aussitôt, il me dit que sa mère était morte. Tous les deux, nous étions en apnée. Je réponds que la mienne aussi. Sa maman était très âgée. Je ne me suis pas empressée, comme je le fais parfois, de dire : « Elle a vécu sa vie. » C'était sa maman. Nous n'avons jamais assez vécu avec nos mamans pour affirmer « elle a vécu sa vie ». Il souffrait. Il a oublié que ma maman est morte plus jeune que lui. Elle avait quarante-deux ans. À cet âge-là, on meurt bien de quelque chose. Il ne m'a pas demandé comment. On est passé au vivant. Il m'a demandé comment allait Abeda. J'ai souri. Je n'avais pas trop de nouvelles du Liban.

Abeda s'était métamorphosée. Comme si toute sa vie elle avait fait l'effort d'être elle. Elle en voulait à ses parents de vivre au milieu des villageois. Elle ne faisait plus l'économie des mots. Sa parole s'était libérée, elle avait adopté et choisi le langage du mépris. Elle refusait d'embrasser les femmes âgées, elle les trouvait en « piteux état ». Elle ne voulait plus aider à laver sa grand-mère paternelle. Elle ne priait plus Dieu. Elle ne faisait plus le trajet à pied vers l'épicerie de la rue principale, les étagères étaient poussiéreuses et presque vides. Elle disqualifiait ceux qui avaient une condition de vie qu'elle jugeait pauvre. Les villageois vivaient dans des maisons qu'ils avaient bâties de leurs propres mains. Des maisons assez grandes où cohabitaient les grands-parents, la descendance, les pièces rapportées, c'est-à-dire les femmes validées par la famille, avec l'assentiment des voisins et la progéniture. Tous les goûts étaient permis, le désordre s'affichait publiquement. Ils travaillaient essentiellement dans les plantations et les familles vivaient des transferts d'argent envoyés par un des fils émigrés. Ils faisaient de leur mieux : leur terre, leur réputation, celle des autres et Dieu. Elle les trouvait limités et n'arrivait plus à contrôler son dégoût. Elle se cachait. Ses mains étaient rouges, sa peau asséchée. Quand Abeda se levait du lit, elle se rendait tout droit dans la salle de bains. La porte était toujours entrouverte. Elle débouchait, rebouchait et déposait le dentifrice. Elle le reprenait, le déposait à nouveau. Elle entamait le rituel qui allait la suivre tout au long de la journée : se laver les mains avec un protocole bien précis. Elle comptait absolument tout en commençant par le frottage des mains. Dans un geste brusque, elle frottait, elle moussait, elle rinçait jusqu'au coude. Elle recommençait si elle avait effleuré l'évier. C'est ainsi que nous l'avons revue, une après-midi d'été. De cette visite familiale, ma maman était peinée, nous ne sommes pas restés dîner comme les autres soirs d'été. Sur le chemin du retour, mon père conduisait, comme à son habitude, une main posée sur celle de ma maman. Il a baissé la musique, nos parents voulaient nous consulter. Et si notre cousine venait s'installer avec nous à Paris ? Ainsi ma maman ne serait pas seule quand mon père serait en déplacement pour son travail en Côte-d'Ivoire. Il a insisté sur la solitude de notre maman à Paris. Il a terminé par « Abeda sera comme une grande sœur pour vous ». Mes frères ont évidemment dit oui. Ils disaient oui à tout, ces deux-là. Le grand regardait par la fenêtre, le petit était assis au milieu. Assise derrière ma maman, j'écoutais. Elle a cherché mon regard, j'ai cherché à l'éviter et le Non est sorti de ma bouche. C'était complètement égoïste. Abeda avait une relation privilégiée avec ma maman. Justement. Je voulais récupérer ma place. Je ne l'ai pas dit, je l'ai pensé. Je serais une fille bien. Je ferais des efforts, je ne resterais pas dans ma chambre à lire. Je me promettais de participer à la vie de la maison. C'est-à-dire, regarder les programmes de la télévision avec eux, rire, passer l'aspirateur, mettre la table, descendre les poubelles s'il le fallait. Je ne voulais pas qu'elle vienne vivre avec nous. Je voulais ma maman. Je ne savais pas si j'étais capable de toutes ces jolies promesses. J'étais prête à essayer. Je faisais ce qu'il me semblait juste. Je commençais même à le désirer. Ils ne m'ont pas demandé le pourquoi du Non. Je n'ai pas déroulé mon raisonnement. J'ai dit non, ils ont dit d'accord.

Abeda attendait d'être sauvée. Elle n'était plus capable de penser avec un morceau de son cœur. Sa respiration, elle la retenait. Elle ne se mettait plus à genoux devant Dieu. Elle ne Lui avait jamais rien demandé. Elle croyait en Lui, et cela lui suffisait pour vivre sa vie. C'était avant. Aujourd'hui, comment pouvait-elle se sauver elle-même ? Elle devait peut-être se sauver d'elle-même ? Elle s'enfermait dans sa chambre. Sa maman lui déposait un plateau-repas devant la porte, parfois des fleurs du jardin et toujours un doux mot. Un jour, elle a décidé de sortir. Elle a traversé le long couloir de la maison, elle s'est arrêtée devant la porte du salon. Elle a regardé sa famille réunie devant la télévision. Son père, ses frères et ses sœurs handicapés et trisomiques étaient joyeux. Ils regardaient une émission musicale. Ils commentaient les prestations de chaque participant. Sa maman était au fond du couloir. Accroupie sur son tapis de prière, elle se prosternait en disant : « *Allahou Akbar* » avec le front, le nez, les paumes des deux mains, les genoux et les orteils touchant le sol. Puis elle a répété trois fois en silence : « *Subhana Rabbi al A'la* » (« Combien est parfait mon Seigneur, le Très-Haut »). Cette position s'appelle al Soujoud. Elle priait Dieu en lui demandant ce qu'elle désirait. À ce moment-là, Abeda s'est approchée d'elle, elle a mis son pied sur le tapis de prière, s'est courbée pour atteindre l'oreille de sa mère et dire : « Te voir comme ça me donne envie d'uriner sur ce tapis. »

Sa maman s'est relevée en disant *Allahou Akbar*. Elle s'est assise droit, les genoux pliés et les paumes placées dessus et a prononcé ces paroles : « *Astghfirou Allah* » (« Ô mon Seigneur ! Pardonne-moi »). Ma tante a respiré tout doucement et a continué sa prière. Ses larmes coulaient. Elle continuait à dire *Allahou Akbar* et s'est prosternée à nouveau. Elle a écourté sa prière, elle est restée assise. Elle a ensuite tourné son visage vers la droite en disant : « *Assalamu alaikum wa rahmatullah* » (« La paix et la miséricorde d'Allah soient sur vous »), puis vers la gauche en répétant les mêmes mots. Sa fille n'était plus là. Elle a plié son tapis et s'en est allée se coucher sans un mot à la famille qui n'avait rien vu ni entendu.

Elle s'est confiée à sa sœur. Ma maman était toujours là pour rattraper Abeda, mais pas cette fois. Abeda avait une famille. Elle était une fille aimée. La seule enfant en bonne santé physique était glorifiée. Ses parents n'étaient ni austères, ni étroits d'esprit, ni fanatiques. Abeda s'en prenait à sa propre islamité. Elle l'opposait à la modernité. Alors oui, la situation de la femme dans le vaste monde musulman reste très précaire. En revanche, le corps de la femme est observé et jugé partout dans le monde. Dans son foyer familial, personne ne l'a empêchée d'être actrice de sa vie. Ses parents voulaient qu'elle aille à l'école. Abeda a refusé. Elle n'a rien fait de sa vie. Elle a misé uniquement sur son apparence. On lui a toujours dit qu'elle était belle, elle croyait que cela suffisait pour vivre sa vie, se marier, avoir des enfants, être riche, voyager, et se lever à l'heure qui lui convenait. À Paris, elle avait bravé ses propres interdits… Mais qu'avait-elle fait de cette liberté ? Rien. La liberté avait tourmenté sa vie. Elle ne pouvait plus cacher sa dépression. Ses parents ne l'ont pas poussée dans l'office d'un savant religieux pour la soigner. Ils ont fait le trajet jusqu'à Beyrouth pour voir une psychologue. Ils ont fait de leur mieux. Elle n'appréciait rien. Elle se méfiait d'eux. Personne ne devait savoir qu'elle était allée voir un psychologue. Ma maman le savait. Elle me l'a dit.

C'est la fin de l'été, l'état de santé de mon petit frère s'aggrave. Ma maman doit anticiper son retour à Paris. Elle change les billets d'avion. Elle s'éloigne d'Abeda.

Abeda aurait commis l'indicible. Quand mon père l'a appris, il n'y a pas cru. Nous non plus. Abeda sera emprisonnée. Ma maman, elle, est morte. Mon père a ouvert la porte et a exigé que je quitte la maison trois mois après les quarante jours de sa mort. Je ressemble à ma maman. Me voir redoublait sa souffrance. Il y a eu l'enterrement mais aussi la célébration des funérailles. Quarante jours, un chiffre à connaître. Il est plusieurs fois mentionné dans le Coran.

Je ressemble encore plus à ma maman quand je dégage mes cheveux et laisse apparaître mon large front. Je n'ai en revanche pas hérité de son nez fin, le sien était petit et dessiné. J'ai le nez de mon père et le caractère conforme. Je ne lui en ai pas voulu.

Tous les soirs, je prenais soin de poser l'assiette de ma maman à table. Elle avait sa place. J'ai même appris à cuisiner, très mal, mais il a su apprécier. En revanche, je m'interdisais de faire les courses, ça, c'était elle. Il n'y avait que ma maman pour s'émerveiller de poser ses fesses sur le scooter de mon frère, aller chez Carrefour faire les courses, se faire livrer et ranger en chantant. Il n'y avait qu'elle pour trouver de la gaieté dans cette misérable condition de « femme de » qui vit à Paris pour soigner son fils. On n'en a jamais parlé. Je l'ai vue passer du rire aux larmes.

Je ne vivais plus avec mon père et mes frères. J'habitais dans une chambre de bonne. J'étais officiellement une nouvelle pauvre. Je passais à la télévision française du lundi au vendredi. J'ai su que mon père me regardait en souriant et pleurant parfois. On m'a dit qu'il commentait mes passages. Il avait une préférence pour mes chroniques littéraires. Celles consacrées à l'écologie aussi. Il trouvait que ça faisait sérieux. Je pensais comme lui. Le week-end, je faisais la bonne. Je nettoyais la maison des autres. Je ne me suis pas demandé pourquoi la chaîne de télévision où je travaillais de

7 heures du matin à 22 heures tous les jours de la semaine me payait 250 euros par mois. Je devais avoir un travail digne de mon diplôme. J'étais arrivée en même temps que Constance de Mallerois et Joséphine Lecœur. Elles avaient très vite réussi à avoir un contrat à durée indéterminée, le salaire qui va avec, c'est-à-dire seize fois ce que je gagnais. On passait toutes à la télévision, ça rassurait mon ego de nouvelle pauvre. J'aménageais la réalité. Je me suis organisée pour trouver l'argent qui compléterait les coûts de la chambre de bonne, l'électricité, l'internet, le téléphone et la nourriture. J'ai négocié mon salaire de femme de ménage. Quinze euros de l'heure. J'étais soignée et je m'appliquais dans mon travail.

Pétillante et solaire, voilà comment les gens me voyaient. Je n'aurais pas apprécié autrement. Je l'étais avec les autres. J'étais une fille en « survie ». Silencieuse. Je marchais et je n'attendais pas que le petit bonhomme passe au vert. J'avançais dans la vie.

Le soir, à la rédaction, il y avait toujours un buffet. C'était bon. Il y avait du pain, des salades, du fromage et de la charcuterie. C'était vraiment bon. Je me servais, m'installais sur une petite table et je mangeais. Une fois rassasiée, je prenais une serviette, je posais deux tranches de pain au sarrasin et aux raisins, de la charcuterie au milieu et des cornichons. Je les mangerais à la maison. La nuit, j'installais bien mes oreillers dans mon lit. Je m'allongeais. Après cela, je ne pouvais pas trop bouger. Le matelas était sous les combles. C'était très bon de manger en regardant la chaîne de télévision où je travaillais toute la journée. J'avais vingt et un ans, ma maman venait de mourir. Je devenais une surdouée de la vie.

La notion de plaisir m'était devenue étrangère. Je ne partais pas en vacances. Je n'avais pas les moyens et partir en vacances n'était pas rentable. La productivité comblait ma vie. Mon travail était ma liberté.

En juillet 2006, le Hezbollah libanais enlève deux militaires israéliens dans la zone frontalière entre le Liban et Israël, dans le but d'obtenir un échange de prisonniers. Le jour même, Israël lance sur tout le pays une offensive à laquelle il s'était préparé de longue date. Routes, ponts, aéroport, ports, usines, dépôts de carburants sont bombardés. Israël cible particulièrement – et détruit – le sud du pays. La guerre éclate au Liban. Mon grand-père, malgré l'imploration de ses treize enfants, a refusé de quitter sa maison. Il savait faire des choses de ses mains, il avait toujours de la terre dans ses doigts. Cette maison, il l'avait construite lui-même. Il était joyeux, il était beau avec son keffieh sur la tête. Sa chambre a été légèrement touchée. Il a entendu les obus, il a vécu la violence, il a vu mourir ses voisins. Il les a enterrés. Il est resté chez lui. Recevoir la mort comme on reçoit la vie est un difficile apprentissage. Dalyn, une autre de mes cousines qui a la double nationalité, et ses sœurs sont rapatriées par l'armée française à Paris. Elle s'installe chez mon père. Traumatisée par les bombardements, elle ne sort pas beaucoup. Un soir, elle me propose d'aller au cinéma. J'ai pris un temps de réflexion, mon cerveau intellectualisait les choses les plus banales de la vie. J'ai dit oui. J'ai appelé mon frère, j'étais heureuse de les retrouver après le travail. Il m'a précisé qu'avant le cinéma un dîner était prévu et que je n'avais pas les moyens.

La joie m'avait fait oublier que j'étais pauvre.

J'ai décidé d'économiser de l'argent. Comment économiser de l'argent quand on est pauvre ? J'ai trouvé une technique simple. Comme toute chose simple, elle demande de la discipline. Chaque semaine, je mettais de côté la somme correspondant au numéro de la semaine.

La première semaine j'ai mis 1 euro. La semaine suivante 2 euros. En un an, c'est-à-dire cinquante-deux semaines, j'avais 1 378 euros de côté.

C'était beaucoup d'argent pour beaucoup d'envies. Mon cerveau était en marche. Acheter, c'est dépenser à bon escient. Ce qu'on possède reste, au pire je revendrai. Une paire de bottines à talons compensés. Le compensé c'est toujours plus facile pour marcher. Un pull d'homme écossais. Un sac à main grand et rigide. Il allait me donner une certaine allure. Une nouvelle petite robe noire. Un jean taille haute Chloé, celui créé par Karl Lagerfeld et réédité par la marque. Une chemise blanche. Un costume tailleur… Je faisais la liste sans compter. J'avais oublié que j'avais des goûts de luxe. J'étais pauvre mais je possédais de jolies choses. Avant l'écroulement familial, j'avais un compte chez un bottier italien. J'essayais, je choisissais, mes parents payaient. Quand j'aimais un habit, je voulais toujours l'acheter en plusieurs couleurs. Ma maman n'aimait pas cela. J'avais une idée bien précise de ce qu'était le beau : la sophistication, l'accumulation et le paraître. J'étais catégorique. Tout ce que n'était pas ma maman. Une femme simple, qui n'avait pas le désir de posséder, elle était dans l'être. Est-ce que la pauvreté apprend à se désencombrer ? Je ne sais pas. On ne dirait pas. Les pauvres ont l'impression de devenir riches en accumulant. Ils dépensent, ils deviennent plus pauvres. J'étais pauvre et avec cet argent, ma première idée fut de combler un placard dont chaque centimètre était déjà rempli. Je ne le comblerais pas. Avec cet argent, j'allais vivre quelque chose qui aurait pu ne jamais exister. Je ne sais plus comment. J'avais eu des nouvelles de ma cousine emprisonnée. Abeda était un sujet tabou parmi tant d'autres dans la famille. En refusant de vivre avec le clan paternel au Liban, je n'avais plus de famille. Je n'avais plus de donneurs d'ordres. Je n'avais pas de support. J'ai choisi la France. Une vie précaire. J'étais libre. Sans bruit. Pourquoi n'irais-je pas la voir en prison ? Comment voit-on les gens en prison ? Je dormirais où ? Comment vais-je me déplacer de Beyrouth au sud du Liban ? Est-ce que l'argent suffira ? La totalité de la somme économisée m'a permis de payer uniquement le billet d'avion Paris-Beyrouth. Un aller-retour coûteux et cher… Beyrouth, c'est Beyrouth. Partir à Beyrouth coûte plus cher qu'un billet pour Rio. Choisir de prendre ce vol est un de mes premiers actes de liberté. Il allait aussi me coûter. Il a eu l'exaltation tant attendue. Un très joli sentiment. Cela ressemble à la joie, avec une intensité particulière, son apparition est fugace. À vrai dire, la liberté n'est pas aussi légère que je l'imaginais. J'étais déçue. La liberté n'est pas drôle. Elle n'existait pas sans une responsabilité. Elle est lourde. Elle était aussi réelle que vous et moi et aussi indémêlable que la condition humaine. Je pressentais le malaise. La liberté allait me demander du courage, du latin *cor*, être capable de penser avec mon cœur. À quel moment cela était possible ? La liberté allait se vivre sans poésie. Je n'allais pas montrer ma culotte à qui je voulais bien. Ma liberté n'allait pas ressembler à une fille qui maladroitement essaierait de devenir une femme en se regardant de plain-pied dans un miroir. Je persistais à croire que la liberté était bonne. Je me suis occupé l'esprit à vouloir être belle. À quoi ça sert ? Ne pas réfléchir. J'ai pris mon sèche-cheveux. Trois brosses rondes de tailles différentes. Chaque diamètre est destiné à une partie de mon crâne. La petite brosse ronde est parfaite pour les couches courtes à l'avant. Elle va serrer les frisottis. La moyenne va créer des vagues plus subtiles sur la partie pariétale de mon crâne. Enfin, la plus grande va créer du volume sur la ligne du bas. Une audience était prévue. J'ai laissé un avocat me draguer sur les réseaux sociaux pour avoir des informations sur l'avancement de la procédure judiciaire d'Abeda. J'ai obtenu la date de l'audience avant de prendre l'avion. Le voyage s'est bien passé. J'ai beaucoup bu. Je ne bois que de l'eau. J'ai retenu ma vessie. J'étais assise au milieu de l'avion, en classe économique, je ne voulais pas qu'on me voie et aller faire pipi devant tout le monde. On s'encombre comme on peut. C'est encore une discipline. J'ai dormi chez celui qui coiffait ma maman en Côte-d'Ivoire. Il avait quitté Abidjan. Il s'était marié avant de divorcer et vivre son homosexualité librement à Beyrouth. Loin de sa famille installée au sud du Liban. Il m'a gentiment reçue. Il était curieux de mon arrivée à Beyrouth, je ne répondais pas vraiment à ses questions. Comprenant que son insistance ne me ferait pas parler, il m'a demandé de faire attention : « Tu n'es pas en France, les gens sont fous ici. » Je n'avais pas d'avis sur la question. Il a développé sa pensée. Dans ma tête, ses mots se mêlaient à ma propre voix. Pourquoi les gens ont un avis sur tout ? Et pourquoi, aussi furtif soit-il, ne peuvent-ils s'empêcher de l'exprimer ? Je pense, donc je pense que. La première utilité de la bouche est celle qu'on choisit de lui attribuer. J'ai suggéré de manger. Il fallait bien me nourrir. J'ai choisi un sandwich shawarma, à base de viande marinée cuite à la broche. Je ne savais pas encore que j'étais intolérante au gluten, je ne m'intéressais pas non plus à la traçabilité de la viande. Le veau, le bœuf et moi étions trois animaux sortis de leur zone de confort. Nous étions stressés, les bêtes ne connaissent pas leur sort en arrivant à l'abattoir. Elles ont souffert lors de leur mise à mort. Elles ont développé des toxines que je n'ai pas digérées. Le lendemain, j'avais le ventre gonflé. J'étais anxieuse. Je me suis séché les cheveux sans respecter le protocole crânien que je m'étais fixé en faisant ma valise. Une seule brosse ronde a servi, la plus volumineuse. Tout est allé très vite. Le chauffeur m'a conduite à l'audience. Je descends de la voiture. J'ajuste ma veste. Mon grand sac m'écrase le coude. Mes talons sont plus hauts que ma personne. J'ai du mal à marcher. J'avale mon ventre, il est gonflé. Je contracte les abdominaux. De loin, je croise la famille de ma maman. J'avais de l'affection pour eux. Je leur fais un doigt d'honneur. Mon premier et avant-dernier doigt d'honneur. Ils ne sont pas choqués. Je ne le suis pas non plus. Il est très fluide ce doigt d'honneur. Quelques semaines après la mort de ma maman, je les ai appelés. J'étais peinée. Je voulais entendre une voix proche de la sienne. C'était le mois du ramadan, ils étaient réunis. J'entendais beaucoup de voix, ils préparaient le repas. Ils m'ont demandé de rappeler après la rupture du jeûne. Je n'ai rien dit. J'ai réfléchi. J'ai trouvé que ce n'était pas normal. Ils m'ont fait perdre la raison. Ma maman vient de mourir, et on me demande de rappeler après la rupture du jeûne. En raccrochant le téléphone, j'ai entendu des rires. Que penserait Dieu ? À ce stade, ma maman était décomposée, il ne restait plus que ses os, ses cartilages et ses ligaments. Elle était asséchée, rétrécie et son squelette disloqué. Elle était dégradée. Dieu allait-il valider ce jeûne ? Dieu allait-il accepter qu'ils aient fermé leur bouche toute la journée et qu'au moment de la rupture du jeûne, ils l'ouvrent pour me demander de rappeler plus tard ? Dans ce monde trop bavard, j'ai appris à fermer la bouche.

Au tribunal, ce jour-là, j'ai pris mes distances physiques, je les ai laissés avancer devant moi. C'était un palais de justice. Je ne savais pas comment trouver mon chemin. Néanmoins, je n'avais pas envie de me faire remarquer. C'est en suivant leurs pas que je suis entrée dans la bonne salle d'audience. Il y avait beaucoup de gens. Je ne les connaissais pas. Ils n'étaient pas là pour ma cousine. Je l'ai cru une seconde. Je me suis assise au fond. Personne ne me voyait. Je n'entendais pas grand-chose. Les avocats parlaient dans un arabe presque littéraire, assez soutenu. Je ne comprenais pas vraiment. Je regardais les gens. J'ai vu une cage à taille humaine. J'ai vu la tête de ma cousine. Elle était de profil, elle regardait vers les juges. Comme dans les films, les trois hommes étaient installés en hauteur. Elle baissait parfois la tête, redressait très vite tout son corps. Je ne voyais que sa tête et ses épaules. J'étais assise très loin. Je ne voyais pas les expressions de son visage. Je composais l'espace comme une photo argentique. C'est un souvenir assez particulier. Je l'ai vue se lever. Je me suis levée. Elle avait des menottes aux poignets. Elle était accompagnée de deux policiers. Ils avaient l'air délicat. Je me suis précipitée. Elle a été conduite dans une autre pièce. Je suis en face d'un garde qui m'arrête. Je n'ai pas le droit de rentrer. « Je suis venue de loin pour voir ma cousine, s'il vous plaît, je repars demain. » C'était la vérité, il m'a crue. Je ne mens jamais. Abeda était belle. La prison ne l'avait pas défraîchie. Être privée de liberté lui avait donné du corps. Elle avait retrouvé son calme. Cette maîtrise que je jalousais. Elle portait un tailleur noir, un pantalon à pinces légèrement ample. Elle avait une main dans la poche, l'air confortable dans sa veste fermée. Comme à son habitude, elle maîtrisait sa place, elle ne me voyait pas. Je me suis approchée, j'avais préparé un discours. Elle a pris la parole. « Qu'est-ce que tu fais là ? » J'ai répondu « Toi, qu'est-ce que tu fais là ? » Elle a glissé la main dans ses cheveux. Ils étaient coiffés. Elle a sûrement passé la nuit avec des bigoudis un peu trop serrés pour obtenir ce rebond. Elle était à peine maquillée, elle avait fait fondre un trait de crayon noir sous ses yeux. Sa peau toujours porcelaine. Elle m'a dit qu'elle était fatiguée. Elle m'a demandé de partir. Les gardes nous regardaient. Je me suis exécutée. Je l'ai laissée à sa place. Je suis partie. Je n'ai rien dit. Le lendemain, je suis rentrée à Paris. Je n'ai pas menti au garde. Je me tais, mais je ne mens toujours pas.

Je n'avais pas de temps de cerveau disponible pour me sentir étrangère à Paris. Physiquement, je ne ressemblais pas aux gens qui m'entouraient. Je ne mangeais pas comme eux, je n'avais pas de cabas Vanessa Bruno, je ne fumais pas et je ne me plaignais pas. J'étais curieuse de leur mode de vie. Je les fréquentais au-dehors. L'être humain, même français, n'est pas facile à comprendre. Il m'a fallu des années de vie parisienne pour goûter les escargots. Le réveillon de Noël, c'est laborieux. J'étais seule. C'était l'année de la mort de ma maman. Une famille française me louait une des chambres de bonne du neuvième étage de la rue de Camoens dans le 16ᵉ arrondissement. Je les voyais manger des escargots comme s'ils gobaient des bonbons. Le père, un riche industriel, un homme honorable, a posé dans mon assiette des escargots farcis au beurre, ail et persil. Il m'a aussi donné du pain. Les Français aiment le pain. Le beurre aussi. J'ai tout mangé. Dans la bouche, l'escargot fait un bruit curieux. La mère était passionnée de cinéma, elle travaillait dans une société de production de films. Très cultivée, elle parlait simplement. Elle m'a conseillé de regarder des films français. J'ai noté la liste à la dernière page de mon cahier de vocabulaire. Tous les jours, je notais un nouveau mot et uniquement sa signification. Je ne m'étalais pas. Il n'y avait pas le « Je » et le « Nous ». Les mots ne s'embrayaient pas. Je faisais l'effort de bien respecter l'alphabet du carnet. Mon cerveau initiait, mon cœur tentait et mon corps freinait. La parole que je m'autorisais était un écrit oralisé. J'apprenais dans le seul objectif de faire l'économie des mots. J'étais coupée en deux. Tout était rêche et brutal. Mon corps se contractait. J'étais constamment asphyxiée. Les tâches les plus simples de la vie étaient un exploit quotidien. Toutes les nuits, je rêvais qu'on me poignardait au niveau de la tempe. Le sang coulait. Toutes les nuits, je ne mourais pas. Le matin, je me levais. J'étais trempée, le lit mouillé de transpiration.

Je me lavais les cheveux, je frottais mon corps, je m'habillais, je buvais de l'eau et je descendais les escaliers à pied. Il faisait nuit quand je quittais la chambre nichée sous les toits de Paris. Il faisait noir quand je rentrais le soir. Je grandissais sans lumière. Je pensais être la seule à souffrir sur Terre. Je pensais que les autres étaient heureux et ne connaissaient pas de peine.

Mon père est mort de tristesse. Un cancer du pancréas. Foudroyant. Je suis allée tous les jours à l'hôpital. Il refusait de me voir. Je prenais une chaise et m'asseyais à l'extérieur de sa chambre. Une heure, la montre à la main. C'était long. Mes yeux se fermaient, mon corps vacillait, et je me réveillais en forme. Il était là, à côté de moi. C'était très agréable jusqu'au moment de partir. Je découvrais le sens du devoir. Je fouillais dans ma mémoire, avant d'agir. Je cherchais les phrases les plus anodines de ma maman et je les appliquais. Aucun de ses mots ne pouvait me nuire. Elle était morte-vivante. Je ne parlerai pas d'elle au passé, elle me parlait au présent. « Lève-toi, tape à la porte, ouvre à peine et dis au revoir qu'il sache que tu pars. » Je m'exécutais. C'était le seul instant pénible de ces trois semaines à l'hôpital Saint-Antoine. Il ne disait rien. On m'a raconté qu'il appréciait ma persévérance. J'étais contente.

J'ai appris la mort de mon père sur Facebook. Une Libanaise de Beyrouth avait commenté sous une des photos de mon compte : « Toutes mes condoléances. » Le téléphone a sonné. C'était le Liban, ils se sont passé le téléphone. Ils m'ont parlé de mon père qui rejoignait ma maman. J'ai porté mes habits noirs. Je suis partie à l'hôpital. En France, on s'occupe du mort et on n'oublie pas les vivants. Il était soigné dans son lit. Je lui ai tenu la main. Je lui ai dit de ne pas avoir peur. Je l'ai rassuré : « Je te pardonne. » Je me suis bien comportée. Il faut savoir être correcte, même avec les morts. Tous les jours, je me présentais à la vie. Il sera enterré au Liban.

Les mots du grand frère de mon père étaient beaux : « Vous avez perdu vos parents, mais pas la famille. » Ils étaient proches et avaient construit leurs maisons l'une à côté de l'autre. Une petite haie nous séparait. Nous étions voisins.

Ils ont enterré mon père. Le grand frère de notre père a posé sur la table des « procurations générales ». Il nous demandait de signer. Mes frères n'avaient pas de couilles. Ils voulaient atténuer leur douleur. Ils ont fini par se défaire de tout. Je ne voulais pas. Il fallait avoir un vagin, des ovaires, un utérus, un clitoris et une endométriose pour oser demander Pourquoi une procuration ? Mon oncle avait avancé des factures d'électricité. Quelques milliers d'euros. Il avait décidé qu'il fallait vendre notre maison familiale. Il serait le meilleur acheteur. Il a fait une très bonne affaire. Son fils s'y installera. Matériellement, je n'hériterai de rien.

En dix-huit ans, ils ne nous ont pas invités à passer un Noël en famille. Chaque 24 décembre, je libérais ma respiration, prenais le téléphone et leur souhaitais plaisamment un joyeux réveillon. Mes frères faisaient de même. Nous étions les trois mousquetaires. L'épouse de mon oncle, celle qui disait « Jésus veut qu'on l'aime sans l'avoir vu », se pressait de nous envoyer les photos des réjouissances : une poularde aux morilles sauce champagne. La farce a l'air délicieuse. Le foie gras est poêlé. Je n'en mange pas depuis des années. Le plateau de homard. Je fais un zoom sur les huîtres. Je montre à mon petit frère.

— Les huîtres sont grosses.

— Elles sont grosses comment ?

— Comme son gros cul habibi.

Mes frères et moi avions hérité le savoir-rire de notre maman. Notre vif désir de vivre venait du père. Jusque sous terre, la femme de mon oncle jalousera le petit fessier de ma maman.

Noël est une fête chrétienne, un fait de civilisation, un état d'esprit. Je chercherai à comprendre ce qui pouvait motiver un pareil acte chez cette mère de famille. Chaque réveillon, elle marquait notre mémoire d'adultes orphelins. Plus tard dans la soirée, elle accompagnait la photo de la bûche au chocolat, la classique, celle avec les champignons en sucre dessus, de ces mots : « Regardez comme c'est beau. » Cela restera un mystère de Noël. Comme l'a si bien écrit Victor Hugo, « Il n'y avait que Dieu pour témoigner de cette chose triste ». Elle invitait le prêtre de l'école de ses enfants. Elle ne s'est pas forcée, rien qu'une fois, un peu par pitié, de nous avoir à sa table. Elle comparaîtra devant Dieu. Cette femme n'était pas injuste. Elle n'était pas bonne.

Je ne plaisais pas à la famille de mon père. De moi, ils imaginaient une vie que je ne vivais pas. Cela confortait leur désamour. Chacun et surtout chacune employait des mots dégradants à mon égard. Ils disaient que j'étais une pute à Paris. Je l'apprenais. Ils avaient aussi de l'humour. Je suis une Libanaise à Paris. Je faisais comme si je n'en savais rien. C'était ma manière de garder un semblant de noyau familial. J'ai été éduquée ainsi. Je vivais dans la peur. Je craignais de fauter. La responsable est toujours la mère. Je ne voulais pas qu'on punisse ma maman. Elle était morte. À bonne distance, je prenais de leurs nouvelles. Je m'intéressais à leur vie. Je venais aux mariages de la famille. Comment faire bonne impression sur des individus avec qui je n'avais aucun lien ? La bonne éducation. Je me présentais sous un bon jour. J'étais souriante. Ils savaient que je souffrais en silence, ils aimaient ça. Sans joie, l'instant présent était pleinement ressenti.

« Rien ne t'appartient dans cette maison. » Mon oncle a pointé du doigt la maison de nos parents et a dit cette phrase. Il était calme. Il avait préparé sa phrase. J'étais debout, en face de lui. Je suis partie en courant. La jeune femme que j'étais redevenait la petite orpheline. J'ai couru très loin. Je me suis cachée pour pleurer ce qui restait d'elle. Je ne ferai pas l'inventaire. Ils m'ont privée des souvenirs que je pouvais inventer dans cette maison.

Je ne sais plus à quel moment, c'était après la mort de mon père, peut-être à la commémoration l'année d'après.

Le soir même, j'ai attendu que la famille s'endorme. J'avais un plan en tête. J'en ai parlé à ma cousine germaine, ma bien aimée Dalyn. Elle était partante. Dans le bureau de son père se trouvaient les clés de ma maison. Je ne savais plus à quoi elles ressemblaient. En revanche, le porte-clés était une tour Eiffel. Ma maman l'avait accroché devant moi. Nous avons récupéré les clés. Tout doucement nous sommes sorties de leur maison.

Nous nous sommes introduites dans la maison de mes parents. Toutes les deux, nous avons eu peur en ouvrant la porte. J'avais peur qu'on nous attrape. Dalyn avait peur car nous étions dans la maison des morts. Elle m'a toujours fait rire avec cette phrase. Notre maison était joliment décorée. La sobriété était la maîtresse des lieux. Il y avait très peu de meubles. Je ne pouvais pas les voir, ils étaient recouverts de draps blancs. Le marbre était blanc. Tous les murs étaient blancs. Point de couleur ici. Le blanc triomphait. Les vases en verre transparent de ma maman étaient sans eau. Vides. La maison qui rassemblait ne sentait plus rien. Il n'y avait plus l'odeur des boutons de gardénias. À chacun des étages, ma maman posait un large vase. Les volets étaient fermés. J'ai allumé le lustre Baccarat qui passait par les trois niveaux. On est rentrées dans la chambre de ma maman. J'ai senti son odeur. J'ai ouvert mes narines. Elle sentait si beau. Ma maman sentait le propre. Elle sentait le verdoyant. Elle sentait le vivant. Il fallait faire vite. « C'est maintenant », me dit Dalyn. J'ai volé la robe de mariée de ma maman et un collier qu'elle ne portait jamais. En descendant les escaliers, nous sommes passées par la cuisine. J'ai pris un cendrier peint à la main et des couverts mi-argent, mi-or.

Avant, ils n'étaient pas à mon goût, ce soir-là je les ai tenus contre mon cœur. Nous avons pris ces choses et nous les avons mises dans ma valise. Plus qu'une matinée à gérer. Je rentrais à Paris dans l'après-midi. L'épouse de mon oncle, celle-là même qui répétait « Jésus veut qu'on l'aime sans l'avoir vu », prenait son café. Je m'assieds en face d'elle. Je croise les jambes. Je me courbe. Je tends le bras vers la table basse qui nous sépare. Je glisse vers moi un cendrier en porcelaine peint à la main. Je n'étais pas dupe. Elle s'était largement servie. Je lui dis qu'elle a du goût.

Je vivais précieusement avec ce que j'avais volé. Je me suis mariée à Paris et à Formentera. Je portais la robe de ma maman. Ce mariage fut célébré dans l'amour en petit comité. Je ne voulais pas l'exposer, le documenter ou le publier. C'est ainsi que j'ai été élevée. Dans les albums de famille, il n'y a pas de photos de ma maman portant le collier. Il était en or jaune. Pas très moderne. Il ressemblait à ces parures qu'on voit dans les cérémonies indiennes ou marocaines. Il n'allait avec aucun de mes vêtements, je l'aimais beaucoup. Je le portais. Je le sentais sur moi. Il prenait froid l'hiver. Je m'accrochais à lui.

Je ne le quittais pas. C'était une présence, il était très voyant. Il m'a accompagnée des années. Son attache était simple. Il n'y avait pas véritablement de fermoir, cependant il tenait bien. La preuve, il a beaucoup voyagé avec moi : São Paulo, Jaipur, New York, San Francisco, Lisbonne, Douala, Göteborg, la Côte amalfitaine… J'ai hésité à l'enlever avant un road trip aux États-Unis, le placer dans un coffre. Je l'ai gardé sur moi. En quelques centaines de kilomètres, j'ai oublié que je le portais. J'ai ouvert la fenêtre de la voiture. J'ai enlevé mon gilet et les paysages changeaient. Mon collier s'est frotté au bruit des machines à sous de Las Vegas. On a fait du cheval dans une réserve indienne. Dans l'immensité et le rien de la Death Valley, il a pris chaud et m'a brûlée. Je ne l'ai pas retiré. J'ai couru dans la voiture, l'air était conditionné. Puis, il y a eu ce voyage à Oman. Je visitais un pays de la péninsule Arabique. Je me méfiais, je me montrerais prudente. Le sultanat est un pays pas comme les autres. L'écologie et l'environnement sont une affaire religieuse. Quand je m'y suis rendue, le plastique à usage unique n'était pas encore interdit sur le territoire. La chasse l'était, merveilleux. Ils considèrent la nature comme un patrimoine. Protéger leur terre a toujours été la priorité. Tout se prêtait à la contemplation, je n'étais que dans l'observation. J'étais attentive à l'organisation de l'espace. Je voulais conforter mes croyances. Là où elle n'existait pas, je cherchais la distanciation sociale entre les femmes et les hommes. Je regardais les hommes dans les yeux quand ils me parlaient. Je déclinais rapidement mon identité religieuse. J'étais impétueuse. Tous les jours, je m'habillais d'un habit que j'ai baptisé : la robe des hommes. Un « qamis », une chemise sobre et élégante arrivant jusqu'aux chevilles. Sans col, marquée par un cordon et une ficelle légèrement décalée sur le côté droit. Comme les hommes, je le parfumais. J'enroulais le keffieh de mon grand-père sur la tête, j'enfilais mes santiags, j'étais prête à sortir en habit traditionnel. Sur le chemin qui mène à Wadi Shab, nous nous sommes arrêtés. Je voulais faire pipi. J'en ai profité pour me changer avant la randonnée. Des toilettes publiques. Une maisonnette construite en terre crue, de teinte marron, un matériau sain et 100 % naturel puisque minéral. Je touche le sol. C'est bien propre. Il est tout à fait possible de faire ses ablutions et de prier à même le sol des toilettes. C'est beau. Je pose tout par terre. Je retire mon keffieh, je l'enroule. La robe d'homme me colle aux jambes. Avec les deux bras, je la retire par le haut et la glisse dans le sac en plastique des baskets. Je sens comme une électricité statique. J'ai l'impression d'entendre mon collier filer ou tomber. Je ne touche pas mon ras-de-cou. Je ne me regarde pas dans le miroir. Tête baissée, j'ai déjà les chaussettes. Je porte mon maillot une pièce, le short, le tee-shirt et j'enfile les baskets. Je me lave les mains une dernière fois et je sors en courant. Au milieu du désert, sans le savoir, je venais d'abandonner le collier de ma maman. Si je m'étais regardée dans le miroir, comme tout le monde le fait, j'aurais vu que je ne l'avais plus autour de mon cou.

Je n'avais pas encore le goût de la marche. Tout au long de la randonnée, je réclamerai des arrêts. Je vais m'émerveiller devant la chute d'eau. Encore une fois, j'enlèverai mes habits. J'irai à l'eau. Je ne plongerai pas dans les profondeurs. Je nagerai sans mouiller mes cheveux, cela n'est pas joli sur les photos. J'étais précautionneuse. J'avais fait ce pour quoi j'étais venue. Il était temps de rentrer. J'allais me rhabiller. D'autres toilettes publiques, là en face de moi. Je me déshabille, je pose tout par terre. Je tiens sur un pied, je mets ma culotte. Je ferme le soutien-gorge. Je glisse la robe d'homme sur mon corps. Je garde les chaussettes et je remets les santiags. Mon collier. Où est mon collier ? La main sur le cœur, je ne panique pas. Les gens meurent, les bijoux ne disparaissent pas. Je me dirige vers la voiture. J'explique en arabe que le collier de ma maman a glissé sous mon siège. Cherchons, tout simplement. Nous enlèverons tous les tapis, bougerons tous les sièges.

Nous démonterons la voiture je ne pleure pas encore. Et soudain, je crie à l'indicatif. Immobile, les jambes ancrées, j'ai levé les bras vers le ciel et j'ai continué à crier. J'ai crié « maman » fort. J'ai crié son nom très fort. J'ai crié haut et fort le collier de ma maman. J'ai crié au secours et j'ai demandé de l'aide. Les gens sont venus. Ma voix s'est brisée. Peu importe, j'ai pleuré en criant. Ils se sont mis à pleurer avec moi. J'ai posé les mains sur les joues, la bouche grande ouverte, les yeux écarquillés. J'ai accentué le Cri.

Je n'étais plus celle qui gère quand tout s'écroule. Je me suis planquée. On m'a tenue par les bras. J'ai perdu mon souffle. On a vidé une bouteille d'eau sur mon visage. Ils allaient s'occuper de moi. Ils allaient trouver le collier de ma maman. Ces gens, je ne les connaissais pas. Ils ont cherché un collier dans un désert de sable. Pendant trois jours, ils se sont usés à chercher. Le collier de ma maman n'est pas apparu. Ma voix disparaissait, je l'ai renforcée. J'ai improvisé. J'ai demandé qu'on arrête. Les mamans m'ont enveloppée dans leurs bras. Tendrement, les hommes ont parlé. J'espérais que le collier de ma maman ne s'était pas enterré sous mes pas. Je ne voulais plus l'imaginer glisser et tomber dans l'eau. Je ne voulais plus le voir. Il fallait que je lâche. « Si vous trouvez le collier de ma maman, ne me le rendez pas. Donnez-le à une autre petite fille. » J'avais trente et un ans, je voulais perdre mon chagrin.

Je perdais tout. Je continuerais à tout perdre. Chaque année je perds ma carte de séjour française. Les clés de mon appartement. Je perds les gants quand il fait froid. Je perds les cartes de visite qu'on me donne. Quand je ne perds pas ma carte de crédit, en moyenne trois fois par an, je perds les codes. L'été je perds mon maillot de bain. J'ai perdu mes feuilles d'imposition, mes diplômes. Dans l'avion ou dans le train, je perds mes livres. J'ai perdu deux appareils photo. J'ai perdu mon ordinateur, les écouteurs et quelques téléphones. Le rythme de mes oublis s'accélérait. Le jour de mes trente et un ans, j'ai reçu une Rolex. Mon cadeau des trente ans avec un an de décalage. La montre a été fabriquée en 1962, gravée d'un 14 février.

Hasard de la vie. Notre date d'anniversaire ma maman et moi, et son année de naissance. Je l'ai perdue. Cela est arrivé avant mes trente-cinq ans. Je ne l'ai pas dit à l'homme que j'aime au-delà des mots. Chaque perte a fait grand bruit dans ma vie. Je n'ai rien entendu. Je n'ai retenu aucune leçon.

La mort est la seule chose qui ne se refuse pas. Simone Veil entre au Panthéon. Je n'ai aucun fait de gloire. Je n'ai même pas eu la malice de me lever de mon lit, prendre la direction sud-est sur la rue de l'Université, vers la rue du Bac, continuer sur la rue Jacob, prendre à droite sur la rue de Seine, à gauche du boulevard Saint-Germain, prendre à droite et tourner à gauche pour rester sur le carrefour de l'Odéon, continuer sur la rue Monsieur-le-Prince, voir la place Edmond-Rostand, prendre la deuxième sortie sur la rue Soufflot, prendre légèrement à droite sur la place du Panthéon, continuer cent trente mètres, et célébrer la mort de cette dame qui porte le tailleur Chanel comme personne. Simone Veil, c'était une fille bien, mais aussi la plus honorable des mamans. Pourtant, ses fils ne seront pas enterrés avec elle. Il y a peu de chance qu'un président de la République fasse une place à ses garçons, les femmes de ses garçons et les enfants de ses garçons. Ils feront un travail de mémoire. Ils conserveront l'avant-mort. Ils mettront les objets et les souvenirs en place. Chacun fait comme il peut. Personne ne sera privé de sa mort. Je ne serai pas enterrée avec ma maman à Borj El Chamali au sud du Liban. Je ne veux pas. Ce n'est pas joli, contrairement au Panthéon.

J'appellerai ma fille Simone, Alba Simone. Alba en arabe veut dire le cœur. Ma maman disait souvent que j'étais son cœur.

Je ne sais pas si, comme beaucoup de femmes le font, je contribuerai à la continuité de l'espèce humaine. Tout compte fait, chacun est libre d'imaginer la femme que je suis comme il veut. J'ai acheté *Le Deuxième Sexe* de Simone de Beauvoir. Je ne l'ai pas lu. Il est dans ma bibliothèque. J'ai lu *La Force de l'âge**.

Celle dont le magazine *Elle* titrait sous son portrait « une vie exclusivement intellectuelle » a consacré des heures, chaque semaine de son existence, à la marche. La femme qui écrivait ne mettait pas uniquement son corps en mouvement pour se dégourdir les jambes à Saint-Germain-des-Prés. C'était une trekkeuse. Elle a parcouru la France à pied. Elle pensait le monde en marchant, et pourtant celles qui ont lu *Le Deuxième Sexe*, celles qui ont voulu changer le monde, celles qui ont incorporé ses pensées, celles-là mêmes ont choisi de la restreindre à cette place assise de la femme qui écrit. Je ne ferai pas partie de ces vivants qui ont un avis sur les autres. Des gens, je choisis une perspective. Je vois le pied assuré du sexe faible. Elle m'a donné envie. Sans réfléchir, j'ai mis un pied devant l'autre. Je cherche à quel moment de sa vie Simone s'est mise à marcher mécaniquement. C'était à Lille, elle était professeur, s'ennuyait à mourir et Sartre bouffait son esprit. Elle n'était plus l'étudiante bohème. En randonnée Simone dans « une vieille robe, des espadrilles, avec dans un cabas quelques bananes et des brioches » explorant les calanques de Marseille « seule, les mains vides, séparée de son passé et de tout ce qu'elle aimait ». À Lille, elle marchait sous un ciel gris. Où qu'elle soit, elle marchait pour résister. Il y a toujours un moyen de se hisser au-dessus de sa condition, même bourgeoise comme Simone. La bourgeoisie peut être aussi contraignante que le religieux. Quand on marche, on est un être silencieux. Je l'ai méprisée cette femme silencieuse, ma maman. Je le répète : elle vivait sans bruit. L'une de ses amies m'a dit qu'elle ne baisait plus avant sa mort. Que mon père ne la baisait plus. Qu'ils ne baisaient plus. Pourquoi me dit-elle cela ? Quelle est son intention ? En quoi dévoiler les confidences d'une mère morte sur sa vie sexuelle pourrait aider son enfant ? Elle a ajouté que ma maman était malheureuse. Je le sais. Ma maman a passé ses derniers mois à vivre à l'hôpital. Tous les soirs, elle dormait sur une chaise. Elle était aux côtés de mon petit frère. Elle craignait sa mort. Il avait quatorze ans. Il pesait vingt kilos. Elle mouillait une serviette. Elle frottait sa peau avec un savon naturel à l'huile d'olive et au laurier. Elle le nettoyait. Elle faisait de son mieux. Avant d'être une femme, ma maman était humaine. Mon père aussi. L'être de désir ne pouvait pas se déclarer ainsi. Matin, midi, ou soir ? Il n'y a pas d'heure pour le sexe. Il y a un temps pour le sexe. Un temps de corps disponible. On fait l'amour quand on peut. Pas forcément quand on veut. Le dernier jour de l'an de sa vie, elle l'a passé dans le plus grand cabaret parisien. Un tête-à-tête au Lido. Le Paris des étrangers. Sobrement maquillée, coiffée et habillée, elle était lumineuse. Elle avait quand même une rangée de diamants aux doigts. Brillante ! Quand elle est sortie de sa chambre, avec mes frères on a dit Va Va Voom ! Mon père lui a fait le baisemain. « Madame, la voiture nous attend. » Elle a soit bu un mauvais champagne, soit beaucoup bu un très bon champagne. Quand ils sont rentrés, mon père lui tenait la main. Madame était éméchée, émoustillée, ivre de gaieté. Elle était mignonne. Nous nous sommes moqués d'elle. Elle s'est assise par terre. Elle a retiré ses escarpins. Elle était enjouée. Mon père a posé sur la table à manger les photos de leur soirée. Nous nous sommes précipités. Il n'y avait pas plus kitsch. On a absolument tout commenté. Dans la pile, une photo de la meneuse de revue. Elle était seins nus. Mon père s'est approché. Il a dit « Ce n'est pas juste des femmes dénudées ». Je n'ai rien répondu. Certains Français trouvent le Lido poisseux, sexiste et ringard. Car c'est d'abord de cela qu'il s'agit : libérer les femmes de toutes les formes d'assujettissement sexuel. Mon père, l'homme d'éducation arabo-musulmane inventait un nouveau langage féministe. Ce soir-là, la maison était joyeuse. Aujourd'hui, je vis seule. Dans ma chambre, il y a une cheminée. J'y ai posé le portrait kitsch de ma maman. Elle rit de toutes ses dents. Elle tient une coupe de champagne qu'on ne voit pas.

La marche éloigne de la médiocrité, elle fait avancer loin dans son être. Ma maman me disait de toujours tourner sept fois ma langue dans la bouche avant de parler. Mais pourquoi sept ? Je le demande à Judith, ma psy. J'ai rompu avec le silence. J'ai décidé de consulter. Je souffrais beaucoup trop. Mon corps me lâchait. Le sept est un chiffre porte-bonheur, me dit Judith. Tout le monde devrait avoir une Judith dans sa vie. Je l'ai choisie parce qu'elle est juive. Je me dis qu'elle a dû en baver à un moment donné de sa vie. On se comprend entre méditerranéennes. Quand elle ne bouge pas la tête en plissant les yeux, Judith sort des références, son préféré est Lacan. Elle me suggère des livres. Je lui demande de répéter, je note et je ne les achète pas. « Votre mère faisait sûrement référence à la sagesse de Salomon, *Le sage tourne sept fois sa langue dans sa bouche avant de parler* » me dit-elle. Je ne savais plus pourquoi je pleurais. Je pleurais beaucoup chez Judith. Les peines se mélangeaient. Je pleurais ma maman roulée dans un linceul de silence, mon foyer détruit au fil du temps et moi, incapable de vivre ma vie.

Je m'étais installée Rive gauche. Je n'y avais jamais vécu jusque-là. Depuis mon arrivée à Paris, j'avais toujours été une fille du 16e. Mon appartement se situait dans le 7e, à l'angle du 6e arrondissement. Lumineux, spacieux et coûteux. Le charme de l'ancien. Une cheminée dans chaque pièce. Des portes que je laissais ouvertes. Le blanc, les couleurs crème, les blancs cassés n'allant jamais jusqu'au taupe. Des plantes vertes mortes. J'oublie toujours de les arroser. Le parquet ancien qui fait du bruit quand on marche. Deux bibliothèques. Dans le salon, les livres sont empilés à l'envers. Les curieux ne sauront pas ce que je lis. Dans la chambre, ils sont posés en vrac. À côté d'une cravache offerte par la maison Hermès. Ni utile ni futile. Il y a aussi un coffret de parfums japonais. Ils sentent bon. Je ne les ai jamais portés. Je les trouve encombrants. Ils sont petits comme les parfums miniatures posés sur la coiffeuse de ma maman. Les murs sont blancs. Le lit a une autre nuance de blanc et une couverture en laine de raccoon. La cheminée est noire. Elle me sert d'étagère. Dessus, j'ai posé la photo de ma maman. Au mur, un dessin. Une tête encadrée. Une reproduction de l'artiste. La première fois que j'ai vu une sculpture de Giacometti, j'ai dansé avec elle. Chez moi, j'accueillais très peu de gens. Ma nouvelle vie a débuté recluse. Je parlais avec moi-même. J'ai appris à être seule pour ne jamais me sentir seule. Un jour j'ai invité quelques amis. Mon noyau parisien. Ils sont bienveillants. J'avais mis la table. De l'eau, du vin et du coca. J'ai préparé une grande salade verte. J'ai commandé des frites et des burgers. Je travaillais beaucoup. La cuisine ne servait pas. C'était la pièce fâcheuse de l'appartement. Ils m'ont demandé de laisser mon ordinateur et de venir. J'ai terminé, je suis venue. J'ai vu qu'ils avaient commencé à manger. Ma gorge s'est nouée. J'ai rebroussé chemin. Je suis allée dans ma chambre. J'ai tiré le plaid du lit. Je l'ai mis entre mes dents. Je me suis effondrée parce que mes amis avaient picoré quelques frites en m'attendant. J'ai comparé avec mon mari. Il ne mangeait jamais les frites sans moi. Je n'avais jamais parlé à ma maman depuis sa mort. Je lui ai demandé un signe. Elle voyait bien dans quel état j'étais pour rien de grave. Je lui ai ordonné de me dire quoi faire en posant une question : Est-ce que je dois revenir vivre à la maison avec mon mari ? Le lendemain matin, elle m'a répondu. Je me prépare à sortir. Je décide de ne pas prendre mon sac à dos. Je prends le joli sac à main de ma maman. Celui qu'elle portait le jour de sa mort. Gucci. Il n'avait pas une place à part dans mon dressing, il était rangé à côté des autres. Je le vide sur la table. Les clés de ma maison d'épouse tombent du sac. Comment avaient-elles pu se glisser là-dedans ?

L'histoire est que je suis partie. J'aimais mon mari. Je l'aime et je ne suis pas revenue. J'ai quitté le foyer. J'ai choisi d'être Madame Bovary, j'avais été Antigone toute ma vie. Ce fut un gâchis. Il manque à ma vie. Dans le commerce des sentiments, il est celui que j'aime tout court. J'imagine souvent sa mort. Je la redoute. Je l'ai épousé pour être à ma place, le jour de ma mort. Il a compris quand je le lui ai dit. Il sait d'où je viens. Tout ce qu'on fait est mémoire. Il m'a vue penser contre moi-même. Je garderai son nom. Pourtant je ne suis la femme de personne. Je ne marcherai pas en bohème dans cette vie. Je me nourrirai sans relâche. J'extrairai des uns et des autres l'essentiel de leur humanité.

« On est passé en dilatation 5. Elle voulait jouer aux cartes, on s'est fait un rami. » J'essaie d'entendre ce que j'écoute. Mon frère va avoir une petite fille. Il ne voulait pas qu'on vienne à l'hôpital. Il voulait le vivre avec sa femme et la famille de sa femme. Il s'est évanoui dans la salle d'accouchement. On m'a appelée. Je suis venue avec mon petit frère. Le petit connaît bien les hôpitaux. On connaît moins les maternités. Les couples arrivent. Les femmes mettent un pied devant l'autre avec précaution. Les hommes tiennent un sac, un téléphone et aussi leur femme. Les parents des uns ou des autres arrivent après. Mon frère n'est pas le seul à devenir père. D'autres personnes se sont accouplées le même jour que lui et sa femme, à quelques jours près peut-être dans le but de faire la vie. Naturellement ou médicalement assistés. J'écoute les familles des autres. L'accouchement est une affaire sérieuse : la dilatation 5 est une phase active... On l'appelle le travail. Ensuite viennent la descente et la naissance du bébé qui commence au moment de l'ouverture complète du col de l'utérus. Cela se termine avec le peau à peau. Le contact. C'est beau, quand ça commence. Arrive l'expulsion du placenta et la période de rétablissement. Sa famille est là, ils sont nombreux à lui dire qu'il est beau, on ne dirait pas qu'il a lu les trois pages effrayantes sur l'accouchement que je viens de googliser. Il est là, beau dans son jogging gris en cachemire. Il respire l'excitation de celui dont la vie va changer. Ils le font tous, ils font tous des enfants. Ils se lèvent tous les matins, mettent de beaux habits, vont au travail avec la voiture qu'ils ont achetée avec leur salaire. Ils prennent des crédits, parce qu'ils ont un salaire, achètent une maison, et font un enfant. Mon grand-père a fait dix-sept enfants. Il y en a eu des descentes, et dans la même maison. Ma grand-mère a fait de son mieux. À son enterrement ils étaient tous là. Ces gaillards pleuraient comme on pleure sa maman. Les petits-enfants ont évoqué les souvenirs les plus tristes de leur existence et ont fait bonne figure malheureuse. J'ai cherché loin dans ma mémoire, un événement qui m'attendrirait. Aucune larme. J'ai pris l'avion pour soutenir mon père. Je n'avais pas d'argent, un homme honorable m'a fait crédit, mon premier et dernier crédit. J'ai vu mon père pleurer d'avoir perdu sa mère. Il m'a remerciée d'être venue. On a dîné avec sa famille. Il m'a dit que si j'arrêtais de l'appeler, il me donnerait de l'argent. J'ai réfléchi plusieurs mois. J'ai dit oui. L'argent de mon père n'était pas sale. Il voulait m'aimer de loin. Il était généreux, mon père. Je plonge dans mes souvenirs. Pensées, émotions, mots. Son grand sourire était l'appel. Les billets gonflaient son pantalon. Il avait l'air si léger mon père quand il sortait les billets de sa poche. Il se penchait d'un côté, s'appuyait sur une hanche et les sortait de l'autre poche. Je n'osais pas regarder cette partie du corps de n'importe quel homme, y compris et surtout de mon père. L'interdit, un non-dit. Le sexe ? Sexuel. Le pénis ? Technique, scientifique, animal. Un pénis manque d'humanité. Un pénis ne fait que servir, à rien ? Techniquement, le pénis est un agent catalyseur de la reproduction. Le pénis est un membre de l'histoire de l'humanité. La bite ? Elle a du caractère.

La chatte de ta mère se dit littéralement en arabe, et c'est une insulte. L'équivalent de fils de pute en français. La chatte de ta mère est très populaire dans le monde arabe. La bite de ton père, le pénis du voisin et le sexe du médecin n'existent pas dans le vocabulaire arabe. Aussi petit soit-il, il n'a pas besoin de chercher sa place dans la vie sociale. Le sexe masculin est fort partout. J'aimerais qu'on le nomme. Ma tête essouffle mon corps. Quand je pense comme maintenant, je ne comprends rien. Je me suis souvent répété à moi-même que mes frères n'avaient pas de couilles. En me projetant vers l'avant, je précisais, toujours à moi-même, que j'avais des ovaires, un vagin, un utérus, un clitoris. Et l'endométriose s'est déclarée dans ma vie. Ils sont des hommes sans rien et je suis une femme avec tout cela. Je le dis à moi-même, je le tais aux autres. À force de tourner sur moi-même dans les deux langues, j'ai attrapé le vertige.

Ma maman m'a confié que je me suis mise à marcher à neuf mois. Mon cerveau étouffait déjà. Pourquoi ? Pourquoi ? Pourquoi ? J'avais honte de ma maman. Je ne l'admirais pas. Il ne me serait pas venu à l'idée de la citer comme un exemple de femme. Elle était ma maman, elle s'occupait de la maison. Elle conduisait sa voiture. Quand elle sortait, elle portait des jupes plus courtes que les autres femmes libanaises. Elle avait du personnel à la maison en Côte-d'Ivoire. Elle me paraissait limitée. Je trouvais à redire sur son art de la table. Rien n'était recherché. Elle ne lisait pas des livres. Elle achetait des magazines féminins en arabe. Elle ne maîtrisait pas la langue française, elle n'a jamais fait l'effort. Elle n'avait pas besoin de le faire. Sa vie était organisée pour se débrouiller avec un sujet et un verbe souvent à l'infinitif. Elle a été éduquée dans la langue arabe. Ma maman a grandi au Koweït. Un pays du Golfe, proche de l'Arabie Saoudite où a grandi Abeda. J'avais un savoir différent de ma maman. Je rêve en français. Rêver en français ou en arabe, ce n'est pas la même chose. J'avais des acquis. Ils primaient. Je la dénigrais. Je ne pouvais pas l'accepter comme elle était. L'accès à la connaissance m'a séparée de ma maman. J'étais prisonnière de ma culture française. J'étais enfermée dans mes livres. Limitée par la pensée que j'ai sculptée au corps, j'étais une tête. Le savoir m'a submergée. Le comble, je voulais que ma maman me ressemble.

J'ai longtemps associé la liberté au savoir. Le savoir c'était les livres, ceux qui écrivaient les livres et ceux qui les lisaient. Les livres n'intéressaient pas ma maman. L'école était importante pour la forme. Les livres étaient poussiéreux. Mon père lisait, elle nettoyait. À Paris, elle n'avait pas sa brigade de rangement et de nettoyage. Elle faisait seule le ménage. Elle aimait ça. Elle avait un sens de l'humour salvateur. Je pouvais passer des journées dans ma chambre à lire. Je lisais souvent la même page plusieurs fois et cela parce que je ne comprenais pas ; personne ne pouvait le savoir. Le goût de l'effort était radical. Elle préparait le déjeuner. Il faisait beau. Elle avait ouvert toutes les fenêtres de l'appartement. Les portes des balcons aussi. Elle a ouvert la porte de ma chambre. Elle est restée à l'extérieur. Elle a demandé à me parler. J'ai voulu me lever. Elle m'a dit de rester allongée sur mon lit. J'étais contente. Elle a pris un ton sérieux. Ses yeux riaient et elle a dit :

— J'ai peur que tu pourrisses comme un oignon dans cette chambre avec tes livres.

On a ri toutes les deux. Elle est retournée dans sa cuisine. Mon cerveau a basculé. Ma bouche s'est fermée. J'ai décidé que cela était finalement offensant. Je me suis dirigée vers la cuisine. Je me prépare toujours avant de parler. On peut croire que je suis dans la réaction, mais je réfléchis avant d'ouvrir la bouche. Dans ma tête, c'est *le mariné cru et le cuit très longtemps**. Je compose ma phrase avec un sujet, un verbe et un complément. Je me suis entraînée à le faire.

— Je ne vais pas pourrir.

Ce jour-là, il n'y a pas eu de complément. Il y a eu le ton. Le ton enragé de la fille qui ne se sentait pas à sa place. Ma maman ne lisait pas. Elle transformait tout en aliment qui allait nourrir ma pensée. Je ne le voyais pas.

J'aimerais me réveiller tous les jours avec son visage.

J'ai bien été imprégnée par ma maman. Tardivement. Elle n'appartenait à aucun clan. Elle n'était pas courtisée. Elle ne le désirait pas. Quand elle parlait, elle ne cherchait pas à avoir raison. Ma maman pensait en silence. Elle ne connaissait pas la jouissance sans sens. Elle n'était pas légère. L'idée « d'être » jour après jour ne lui déplaisait pas. Elle vivait sans bruit. Ainsi, elle était libre.

J'ai écrit que mon père m'avait demandé de quitter l'appartement après la mort de ma maman. C'est la vérité. J'ai aussi écrit qu'il souffrait. C'est la vérité. Enfin, j'ai écrit que je ressemblais beaucoup à ma maman. C'est la vérité. Ce que je n'ai pas écrit, c'est que ce soir-là et tous les soirs qui ont suivi la mort de ma maman étaient une épreuve sur table. Nous étions incapables. Personne ne s'asseyait spontanément à sa place. Mon père ne présidait plus de sa chaise. *Tu t'assois où ?* Nos corps se tordaient. Je regardais la morve couler dans mon assiette. Je ne la retenais pas. Je ne l'aspirais pas. Je fermais les yeux. Mon père mettait ses mains sur sa poitrine. Il balançait son corps. Il baissait les bras et tenait ses jambes. Il essayait de respirer. On entendait des sons. Mon petit frère reposait les couverts. Mon grand frère se tenait la tête. Est-ce qu'on peut parler de la mort en famille ? C'est une tâche bien délicate. Nous étions liés par la mise sous silence. Un soir, mon père a parlé. Je ne pourrais pas le citer. Il y a des choses qui ne sont pas racontables. Il s'effondrait dans la dépression. Il a dit une phrase. Je l'ai bien entendue. Je n'ai pas compris comment il pouvait dire ça. Il a parlé de ma maman. Mon grand frère était assis en face de moi. Il a aussi écouté les mêmes mots que moi. Il m'a fait signe de ne rien dire. Mon grand frère, dans sa mesure, voulait essayer, pour lui et, peut-être, pour nous, que notre famille ne soit pas brisée ce soir-là une seconde fois. Mon père a continué à parler. Il a répété la même phrase. Il a confirmé ses propos. Il aimait ma maman. Ils étaient très amoureux. Il n'avait pas le droit, parce qu'il souffrait, de dire ce qu'il a dit. Mon grand frère a fait voler la table. J'ai attrapé la main de mon père et je lui ai dit : « Sauvage, tu es sauvage. » Mon petit frère voulait le frapper. Il a essayé de le tenir par la tête. Mon père n'avait pas de cheveux, le petit a glissé. Je l'ai retenu. Je l'ai pris dans mes bras. Mon père s'est levé et m'a dit de quitter la maison. Il n'a pas demandé à mes frères de partir. Il a ouvert la porte et m'a dit « Tu sors ». Je suis rentrée dans ma chambre. Il a cru que j'avais eu peur. Il était trop tard pour avoir peur. J'ai fait mon sac : un sèche-cheveux, mon ordinateur, le livre qui traînait, ma brosse à dents, des sous-vêtements. Je suis partie avec ma carte de crédit. Je n'allais pas me perdre dans le deuil. Il ne pouvait rien m'arriver de plus grave. Quand ma maman parlait de la mort de sa jeune mère, elle disait en arabe : « Celui qui donne la vie ne meurt jamais. » En arabe, cette phrase est joyeuse. Traduite en français, elle est dramatique. Cet épisode, je l'ai vécu dans les deux langues. Ma maman était morte. Dans l'ordre de la vie, mon père sera le prochain à mourir.

La consolation ne sera pas publique. L'onglerie de la place Claude-François s'est étonnée de ne plus voir ma maman. La patronne ne recevait pas sans rendez-vous. C'était une femme française. Blonde, frêle et divorcée. De notre balcon, on la voyait gérer sa petite entreprise. Elle arrivait tôt le matin, seule et toujours apprêtée. Elle avait sa clientèle. Elle était délicate. Ma maman s'y rendait toutes les semaines. Elle traversait le boulevard Exelmans et revenait une heure après les mains impeccables. Une manucure parfaite, naturelle et épurée. L'onglerie était à l'ancienne. À taille humaine. Il y avait deux tables. Un jour, je suis descendue sans rendez-vous. J'étais en pyjama, sans manteau et il faisait froid. Je suis rentrée en disant qu'il faisait froid. Elle m'a fait de la place. Elle a tenu mes mains. Ça n'allait pas. Je lui ai dit que ma maman était morte. Je n'ai pas pleuré. Je n'ai rien expliqué. Je ne suis plus revenue. Je ne voulais pas être méchante. Je ne savais pas comment mettre un pied devant l'autre avec cette affaire.

Je ne sais pas si en grandissant j'étais heureuse quand je vivais chez mes parents. Il y avait de l'amour, mais une très grande distance s'était installée entre nous. L'environnement était fragile. La fille de bonne famille libanaise s'étouffait ou s'agitait. Ce n'était la faute de personne. Mes parents avaient un degré de clôture et d'ouverture au monde inconstant. Ils n'étaient pas libéraux dans l'éducation. On ne pouvait pas les qualifier de conservateurs. Ils partaient d'une base et faisaient évoluer les règles. L'été, ils n'étaient pas contre l'idée de sortir la nuit. Mon frère et moi avions les mêmes amis. Chaperonnée, je sortais le soir. Le reste de l'année, c'était non. Il y a cette jolie phrase de ma maman : « Quand le soleil commence à tomber, tu rentres. » Je ne l'aimais pas. La phrase. Elle m'exaspérait. C'était une bataille. Avec le printemps, la dernière lumière se couche tard. Les jours s'allongeaient. J'allais dans son sens et exigeais de rentrer plus tard. J'avais des stratégies et des colères. Pourquoi vouloir sortir de la maison n'était pas normal pour une fille. Je savais que j'étais le problème. Je n'étais pas très à l'aise dehors, je suis de la famille des introvertis et pourtant j'en ai fait un combat intime.

Pourquoi ne m'ont-ils pas enfermée dès la naissance : Tu seras un corps ma fille ? J'habitais un corps. J'étais un corps. Ce que l'on montre, ce que l'on dévoile, ce que l'on cache. Dès l'adolescence mon corps est devenu un poids. Ils avaient des concepts. On devait les assimiler et les appliquer. « On mange comme on veut, mais on s'habille comme les gens. » Je trouvais cela raisonnable. Je n'allais pas débarquer en minijupe et les tétons qui pointent dans le village de mon grand-père. L'ajustement des vêtements. Ce concept en particulier accompagne ma vie d'adulte. À vrai dire, l'idée que mon corps soit un objet n'est plus un sujet dans ma tête. Je m'adapte à mon corps de femme qui change tous les mois. Je me couvre et me découvre en fonction de mes règles, de mon humeur, de la météo, des chaussures qui iront avec ma tenue, de mon sac à dos, bandoulière ou à main, de la localisation géographique et de la disponibilité de mes sous-vêtements. Je n'intellectualise plus la question, Plus jeune, c'était moins évident. Plus sournois. Si je ne montrais pas mon corps, j'avais l'impression de ne pas être libre. Le regard des hommes me mettait mal à l'aise. J'étais confuse. Je voulais séduire, mais une fois le regard posé sur moi, il me déstabilisait. Le regard des hommes âgés me déstabilisait. L'amour ? Mon père me disait que j'avais le droit d'avoir un amoureux. Je suis tombée amoureuse, il n'était pas content. Il était question de droit, de permission aussi, et d'autorisation. En revanche, « ma fille, tu ne peux pas nager et manger en même temps ». Comment pourrais-je tomber amoureuse et terminer mes études ? Je me projetais jusqu'au doctorat en droit international public. Mon père essayait de s'adapter à notre monde tout en étant incapable de se défaire du sien. Il voulait me protéger. La vie ordinaire n'était pas simple. Il fallait tout penser. Du vêtement qu'on porte au moindre sentiment qu'on éprouve, tout était matière à noter. Ce sont les tracas de filles d'immigrés libanais villageois chiites. Elles sont nombreuses à avoir laissé leur père choisir pour elle. Le mien est mort, il n'a pas eu à choisir. Dans l'islam, la fille naît avec son honneur. En devenant une femme, elle s'efforcera de ne pas le perdre. Quand on parle de déshonneur d'une femme, le responsable est rarement un homme. La première pierre est généralement lancée par une femme, les hommes étant occupés à gagner leur propre honneur.

Désormais, j'étais sans famille et incapable d'assumer cette position dans la société. Je n'ai pas été préparée à avoir faim, à me motiver et à faire naître en moi le désir de vivre. La faim. Il y a cette phrase de Virginia Woolf : « Impossible de bien réfléchir, de bien aimer, de bien dormir si on n'a pas mangé. » Ses mots écrits l'un à côté de l'autre m'ont élevée.

L'expérience de la faim fut violente. Je n'ai jamais verbalisé le mot. Quand j'ai eu faim, je n'ai jamais dit « J'ai faim ». La faim est sèche. Mon imagination était débordante. Je me faisais croire à moi-même que j'étais rassasiée de peur que ma maman, morte de surcroît, souffre de me savoir dans cet état. « Elle sera toujours près de toi », « Elle ne te quittera jamais », l'illusion permanente de sa vie était une charge. J'avais honte d'être pauvre. Les filles que je fréquentais ne mangeaient pas à leur faim par peur de grossir. J'alignais mon discours. Je le nourrissais. Par la voix, je rattrapais le garçon de la brasserie : « S'il vous plaît monsieur, uniquement du citron et de l'huile d'olive pour l'assaisonnement. » Je suis méditerranéenne. J'enrobais mon discours. Je taisais ma situation. Je ne commandais pas une salade verte parce que je n'avais pas l'argent pour payer une sole grillée. Je commandais une salade verte à l'huile d'olive et au citron parce que je venais du Sud. C'était une question d'identité primaire. J'avais les bons arguments pour me convaincre que la honte, elle non plus, ne serait pas publique.

Je m'interdisais d'avoir un amoureux. Imaginez que ma maman me voie faire l'amour avec un garçon. Ce n'était pas une action responsable. J'ai été élevée pour rester vierge jusqu'au mariage. Ce ne fut pas le cas. Si j'avais été vierge, mon mari ne m'aurait jamais épousée. Il me l'a dit. Il était français. Le présent n'avait aucune valeur. Je vivais en perspective. La marche a adouci ma relation avec la vie.

Ma première fois fut involontaire. Je ne l'ai pas pensée comme une flânerie en ville. Je l'imaginais tout de même poétique et amicale. Je ne conduisais plus à Paris. Je conduisais mal. Parce que très au-dessous de la vitesse autorisée. Je ne savais pas me garer. Mon cœur battait à chaque manœuvre. Comment faire un créneau ? Je commençais toujours par mettre le clignotant. J'avais retenu la leçon. Il faut prévenir les autres. Je reculais toujours trop vite. La voiture n'était jamais droite pour avancer et reculer. Je me garais. Je coupais le moteur. Je respirais. Je me souviens d'un jour comme d'un passé immédiat. Je me gare au 52 rue du Faubourg-Saint-Honoré. J'habitais là. En face du Cercle de l'Union Interalliée. Une adresse sécurisée avec un policier au garde-à-vous à presque chaque numéro. Un vieux monsieur en trench avec un joli chapeau feutré tape à la vitre de ma voiture. Je suis à l'arrêt. La paume de sa main est ouverte, il tape fort. Je baisse immédiatement la vitre. Je propose mon aide. Il me bouscule de l'épaule. Je ne vois pas le danger. Je ne réagis pas. Il crache sur mon trench et ponctue par « sale Juive vous n'avez rien à faire dans ce pays ». Je descends de la voiture. Je le vois debout. Il n'est pas plus grand que moi. En revanche, il est beaucoup plus âgé.

— Je ne suis pas juive et je suis propre, je sors du hammam.

— Alors vous n'êtes qu'une sale Arabe.

Nous portions le même trench des années 1970 avec la doublure à carreaux. Les signes d'usure étaient minimes. Qui de nous deux aura le dernier mot ?

J'ai misérablement déroulé l'argumentaire de la migrante « de qualité » à Paris.

« Monsieur, je suis surdiplômée, j'ai aussi une carte de séjour avec la mention autorisation de travail. Je paie mes impôts et j'ai une certaine connaissance de l'histoire de France. Bla bla bla bla. » J'ai eu le sale dernier mot. Celui qui cherche à se faire tolérer de surcroît par l'intolérable.

Je n'ai plus conduit. Je me déplaçais en taxi. Nul besoin d'un texte long, la simple intonation du « bonjour » suffit au chauffeur pour savoir qui il a en face de lui, précision, qui il a assis derrière lui. En une demi-seconde, au rythme de ma voix joyeuse, je donnais le droit au chauffeur de me demander : De quelle origine êtes-vous ?

Aussi gaiement je répondais : Je suis d'origine palestinienne, musulmane chiite de nationalité libanaise, je suis née et j'ai grandi en Côte-d'Ivoire, enfin j'ai épousé un Français de confession juive. Ainsi, j'obtenais la paix.

Comment contourner le Paris embouteillé ? Marcher. En mettant un pied devant l'autre, j'arriverai à l'heure à ma séance de psychothérapie. Marcher et ordonner la liste des malheurs qui pourrissent dans ma tête. Il me fallait du temps.

Ma première rencontre avec une psychologue/psychanalyste/philosophe fut désastreuse. C'était avec une autre personne que Judith. Je ne l'ai jamais payée pour le conseil qu'elle m'a donné au bout de quinze minutes. Elle habitait au 5 rue de Lille. À quelques angles de chez moi. Elle portait une robe crème sans manches, très ample, Comme Des Garçons. Je voyais les veines de ses bras. Austère. On aurait dit qu'elle ne mangeait pas. Elle souriait à peine. Qu'est-ce qui fait qu'on ne sourit pas quand on accueille quelqu'un ? Je ne sais pas. Elle voulait être payée en espèces. « La semaine prochaine, j'apporterai l'argent. » J'ai menti. Je ne pouvais pas gérer cela. Je ne suis jamais revenue.

Ma psychologue Judith habitait à Pigalle. Elle recevait chez elle. Je ne suis pas aventureuse. Cette décision, aller à pied, je l'ai prise la veille de mon premier rendez-vous. Je n'ai pas le sens de l'orientation. J'ai vérifié le temps du trajet. J'ai chargé mon téléphone toute la nuit. Je ne faisais que mettre un pied devant l'autre. Pour passer d'un trottoir à un autre, il y a le passage piéton. Le sol est pensé en France. J'aime ce pays. Je regarde le petit bonhomme, il passe au vert, j'avance. Je me cale sur les pas des autres. Je m'abandonne. Ils marchent vite. Je reviens à mon rythme. À nouveau, je regarde le temps du trajet sur mon téléphone. De quoi allais-je bien pouvoir lui parler ? Mes regrets ? Mes douleurs ? J'avançais. J'étais loin de chez moi. J'avais peur. Je tenais fort mon sac à main. Un sac Chanel à bandoulière. Le directeur de l'image de la maison, se désolant de me voir avec de simples sacs en tissu, me l'avait offert. Je l'aime beaucoup. La couleur du sac est rose pâle argenté. Petit et discret. J'ai rarement quitté les beaux quartiers. Si je sortais de chez moi, je zonais en bas. Quand j'habitais le 16e arrondissement, ma grande aventure avait été de me rendre en métro au Durand Dupont de Neuilly. Je n'ai pas aimé. Neuilly ne ressemble pas à Paris. Depuis quelques années, sans m'en rendre compte, Parisienne est devenu mon métier. C'est ainsi que j'ai découvert que j'étais arabe. J'ai appris l'art et la manière de me montrer au monde. Je me suis approprié tous les codes de la Parisienne. J'ai été à bonne école. J'ai reçu des cours particuliers d'Inès de la Fressange. J'étais attentive à tout ce que la Parisienne montrait. Je n'ai pas assimilé ce qu'Inès essayait de me transmettre. « Samar, ce qu'il y a de plus important dans le beau, c'est le moche. » Inès parlait de l'étrangeté. De ce que l'on a de vrai, ce que l'on n'aime pas et qui n'imite pas les autres. J'ai marché avec les fameuses Zizi qui chaussent le Tout-Paris. Elles étaient neuves. Je n'avais plus de pieds. Judith habitait au quatrième étage. Il n'y avait personne dans le hall. J'ai pris l'ascenseur. La démarche s'arrêterait là.

— Comment allez-vous ?
— Très bien.

Drôle ce « très bien ». Le matin, j'avais eu la tentation du suicide. Dans la cuisine, mes yeux s'étaient arrêtés sur une bouteille d'eau de Javel. J'étais debout, les bras immobiles. J'avais pleuré. Je vais très bien, disais-je. Je mens. Judith doit être habituée. Je paye et parlerai de ce qui ne va pas.

« J'ai mal aux pieds. Vous ne pouvez pas le voir. Le cuir bout. J'ai les pieds chauds. Je souffre des orteils. Je lutte pour vous parler. J'ai des ampoules. J'ai acheté les Zizi. Ma garde-robe est parisienne. C'est mon travail. Je le fais très sérieusement. Je suis venue vous voir en marchant. J'ai reçu un message de mon agent. Elle négocie mes contrats. "Tu n'as pas été choisie pour la campagne de joaillerie, trop typée, pas assez parisienne." Je vis à Paris depuis 2001. Je pensais que mon identité se trouvait dans mon appartenance au territoire parisien. Regardez-moi : je porte un jean Levis, un tee-shirt blanc, des Zizi au pied. Mes cheveux sont raides. J'ai la frange, pourtant je n'ai pas de rides sur le front. Je bois du vin rouge. Je ne fais pas que lire des livres. Je montre que je lis des livres. J'habite Rive gauche. On m'a demandé de moins sourire sur les photos. Faire la mystérieuse. C'est compliqué. Je ne suis pas mystérieuse. J'ai envie de sourire. C'est quoi la Parisienne ? »

— Pour vos pieds, essayez d'assouplir le cuir avec un sèche-cheveux.

Judith portait un sourire. Elle sentait bon. Je suis revenue. Deux fois par semaine. Plusieurs mois. Une année. Deux années. Je devais payer quand je ne venais pas. J'oubliais. Elle le savait. Elle me le réclamait des mois après. J'ai continué à marcher.

Ma vie immédiate n'avait pas de sens. J'errais. Je n'étais pas agréable à vivre. Dans cette culture de la personnalité, Je me focalisais sur la façon dont les autres me voyaient. On m'a fait défiler en banlieue parisienne. C'était la première fois que j'y mettais les pieds. À part Disneyland. J'étais en colère d'avoir accepté d'être renvoyée à leur manière de penser l'identité territoriale française. J'ai pris sur moi. Je ne sais pas parler de mes émotions. On me faisait déjà bien comprendre le privilège d'obtenir un contrat. Je signais. Dans ma tête, mon degré d'engagement était matériel. J'aimais la France. Sur ma carte de séjour, j'étais fière de la mention « autorisation de travailler ». Elle ne s'obtient pas sans effort. Le racisme dans mon travail n'était pas assumé. Il était systémique. Le dérapage n'était pas involontaire. Ils ont racisé mon corps. L'Arabe a ses limites. Je suis bonne à tout faire sans l'autorisation de briller. Je ne voulais pas m'en contenter.

Vivre est inconfortable. L'inconnu fait peur. On aliène son existence. On se rattache à nos frontières. Elles ont été tracées par l'homme. Un être vivant faillible. L'humain s'identifie à ce qui lui ressemble. C'est ainsi qu'il partage sa peine. On prend soin de mettre à l'écart ceux qui ne nous ressemblent pas et on voudrait que le monde entier partage notre peine pour ceux qui nous ressemblent. Voici la texture des choses de la vie. La société qu'on cultive. Ce qui apparaît comme étant normal. Peu importe si je n'aime pas ce que je vois. Pourquoi revendique-t-on ses origines ? « Je suis fière d'être libanaise », cette phrase. Peut-on être fier de quelque chose dont on n'est pas responsable ? On naît avec un passeport. La nationalité est acquise. On ne l'a pas choisie. Qu'a-t-on réalisé pour en tirer une fierté personnelle ? Et si seul l'étranger pouvait être fier de la nationalité acquise ? La naturalisation. Il faudrait choisir, s'attacher, se ligoter, s'enchaîner, se cramponner, revendiquer, s'affirmer, faire du bruit. Je ne le veux pas. Je veux vivre sans bruit.

Jusqu'où vais-je étendre la corde de mon identité ? Arabe et d'éducation française ? Riche de mon islam ? La Palestine, terre de mon père ? Le passeport libanais de ma maman ? Et l'Africaine ? L'Ivoirienne de naissance, soyons précis. Où se situe-t-elle ? Suis-je trop blanche pour l'être ? Dois-je expier pour tous les actes de racisme commis par mes aïeux sur la côte ouest-africaine pour faire corps avec cette identité ? Je suis née avec tout cela. Dois-je me limiter à cela ?

Ce dialogue reste un grand classique.

— Tu te sens le plus quoi ?

— Je ne me pose pas la question.
Il y a quelques années, j'ai refusé la nationalité française. Je débattais sur les questions d'identité nationale. Un ministre était là. Il a voulu prolonger le débat. « Je vous la donnerai. » J'ai dit Non. J'ai posé sur la table du ministre le concept de méritocratie. Il me commande un rapport. Je suis volontaire.
Dans la semaine, on m'appelle à minuit. Le numéro est masqué. Je pense au pire. Qui est mort ? Je réponds. C'est le ministre.
— C'est à cette heure-là que vous m'appelez ?
— Je viens de sortir du ministère.
— Et alors ?
Je venais de refuser des avances en nature. Mon rendez-vous au ministère sera annulé. Je n'ai pas été expulsée de mon pays d'accueil. Je vivrai ma vie en France. Je la mériterai, ma nationalité. Un jour, je serai française. Je ressentirai un sentiment de fierté. Et après ? Vais-je continuer à la chérir ? Serai-je capable de ne pas oublier tous les efforts mis en place pour obtenir ce papier ? Je deviens médiocre. Me voici en train d'intellectualiser les choses de la vie. Je m'arrêterai là. Mon passeport, ma carte de séjour, ma langue, mes racines, ma terre, mon pays d'accueil, mon argent, mon savoir.

Je me détacherai de tout. Je vivrai peut-être en animal. Mon identité sera humaine.

Je ne ressens plus le besoin de dire aux autres qui je suis. J'ai rencontré un moine. Il tenait un livre dans sa main : « Charbel, un homme ivre de Dieu* ». Nous avons pris un café. J'ai eu faim. J'ai commandé à manger. Les légumes venaient des plantations du monastère. Sans pesticides, la nature est goûteuse. Il m'a parlé de l'importance de se confesser. J'ai aimé l'écouter. Je chante « Jésus revient ». Jésus a existé. Je ne sais pas s'il a ressuscité. En revanche, des hommes ont été crucifiés par d'autres. Je ne me suis jamais confessée. J'aime Jésus sans l'avoir vu. Il n'y aura pas de mollesse du verbe. Je n'ai pas dit au moine que j'étais musulmane.

J'ai un vagin. J'ai aussi d'autres organes qui contribuent à ma capacité vitale. Je ne rumine pas le sujet. J'ai pris conscience de mon corps quand il a commencé à changer. Mes premières formes. Les hanches qui s'élargissent. Les poils qui poussent à certains endroits. Les seins qui n'ont pas la même taille, les tétons qui pointent. Tous les miroirs m'appelaient. Je me regardais longuement. Sans savoir que parfois, je me touchais en me regardant, ma maman m'a conseillé de faire une pause. Ralentir ce face-à-face. « Tu n'es pas un corps ma fille. » Je regarde la scène d'en haut. J'ai grandi. Ma maman me répétait aussi que j'étais belle. Je la vois composer avec ses contradictions. Les hommes, notamment les plus âgés, m'ont regardée d'une certaine façon. Les femmes aussi. Je m'étais enfermée dans ce qu'ils ou elles et moi voyaient. Cela a demandé des ajustements. Je ne crois plus en ce qu'ils, elles et moi voyons. Mon visage est intouché. À Paris, dans ma salle de bains, je n'ai pas de miroir. Mes complexes je ne les identifierai pas devant un reflet. Ils résident ailleurs. Mon image je ne la glorifie pas. Je ne la dénigre pas. Je ne la déforme pas. Je vois plus grand sans miroir. Tous les matins, je ne me regarde pas. Je ne m'encombrerai pas d'une image. Elle est superficielle. Je m'efforcerai de ne pas complimenter une femme en lui disant « tu es belle ». Je chercherai d'autres adjectifs pour la qualifier. Ce corps ne sera pas mon combat. Je l'habite. Je le nourris. Je l'habille. Je le déshabille. Je fais corps. Je le touche. Je ne le garde pas à distance. Mon corps me porte. Je le porte. Je ne veux pas m'affirmer en tant que femme.

Comment vais-je faire pour que cette dernière affirmation ne prenne pas racine ? Mes pensées, j'ai toujours peur qu'elles se transforment en convictions. Elles deviennent une logique sans épines. Une autorité sur ma vie. Ma maman avait raison. J'ai failli pourrir comme un oignon dans ma chambre. Il me reste un effort à faire. Je vais peler la peau de l'oignon. Je vais me concentrer et retirer une couche après l'autre. Les couches externes sont membraneuses. Il faut les défaire. Je ferai face à une sensation de gêne. Je ne m'arrêterai pas. Les couches internes sont charnues. L'inconfort est profond. Il vit sans bruit. Il est intime.

En marchant l'autre soir, j'ai traversé la passerelle Léopold-Sédar-Senghor. Je me suis arrêtée devant la plaque. J'ai lu : « Léopold Sédar Senghor. 1906-2001. Écrivain, membre de l'Académie française. Président de la République du Sénégal (1960-1980). »

Ma tête a dit : Pourquoi les Français sont racistes ? J'en étais là. J'écoutais mes paroles. Dans la rhétorique, il y a quelque chose de court et facile. J'ai continué à avancer. La passerelle Léopold-Sédar-Senghor relie le port des Tuileries au port de Solférino. Depuis 1859, la passerelle s'appelait Solférino. En 2006, elle a été rebaptisée au nom du poète sénégalais. J'ai déconstruit. Les Français ne sont pas racistes. Ma pensée peut-elle se limiter à une phrase ? Nos pensées sont nos émotions.

Elles nous touchent. Elles nous rassurent. Elles deviennent la vérité. Dans le jeu, je choisirai l'action. C'est ainsi. Je ne veux pas m'attacher à mes pensées. Je me contenterai du geste. Les gens meurent. Il n'y a que cela qui demeure.

Je résisterai à la peine de mort, je l'ai acté.
Je ne résisterai pas à la vie.

L'été de mes vingt et un ans, je ne suis pas partie au Liban. Mon grand frère et moi sommes restés à Paris. Nous étions enfin grands. Ce matin-là, mes parents partaient à Beyrouth, et moi en Touraine. Toute seule. Le mariage de mon amie était organisé dans un château. Ma maman m'a aidée à choisir la robe que je porterais le soir de la fête. Une robe minimaliste rose, vintage, Calvin Klein, esprit nuisette mais en crêpe de soie. Elle me l'avait achetée pour ma remise de diplôme. « C'est l'occasion de la remettre sans que ton père te voie », me dit-elle. Elle trouvait le décolleté beaucoup trop profond. Elle a ouvert mon armoire et m'a tendu l'étole beige en soie et laine. Ce matin était doux. J'ai ouvert la porte. J'ai appelé l'ascenseur. J'ai dit au revoir à mes parents et à mon petit frère. Nous nous sommes embrassés. Je suis sortie de la maison, l'ascenseur était parti. J'ai à nouveau appuyé sur le bouton. J'ai laissé la porte ouverte. Ma maman est passée devant moi. Elle cherchait les cadenas des valises. Je l'ai arrêtée et serrée dans mes bras. L'ascenseur est parti encore une fois. Je n'étais pas pressée. J'étais calme. Je l'ai rappelé. J'ai à nouveau serré fort ma maman contre mon cœur. L'ascenseur était encore parti. Je lui ai dit : « Dans tes bras une dernière fois. » Elle m'a dit : « Ça va, je ne vais pas mourir là-bas. » Elle a ri et je suis partie.

L'été s'est passé. Elle voulait le prolonger. La santé de mon petit frère était bonne, disait-elle. Le matin du 11 septembre 2004, elle accompagnera mon père à l'aéroport. Elle adorait être au volant. Elle aimait les autoroutes, elle traçait et conduisait sûrement vite quand elle m'a appelée. Je lui demande quelle idée a eue mon père de prendre l'avion un 11 septembre ? J'entends son rire. Désormais, il n'y aura pas un jour plus sûr pour voyager. Je lui ai demandé de rentrer. Elle n'avait plus rien à faire là-bas. Elle a réservé un vol. Sa valise était faite. J'ai insisté sur la liste de mes envies. Je voulais qu'elle m'apporte des samboussaks, des chaussons à la viande et au fromage de brebis. Elle ne voulait pas s'encombrer. « Écoute-moi j'ai débranché les congélateurs de la cuisine, ce ne sont pas les restaurants libanais qui manquent à Paris. » J'ai dû insister. C'était simple. Elle devait s'arrêter chez le traiteur. Prendre les chaussons à la viande et au fromage de brebis. Déposer le paquet dans les congélateurs chez sa sœur. Et enfin me les apporter à Paris. J'étais obstinée. Elle n'a pas résisté. Elle a dit oui. Elle était avec mon petit frère. Elle a fait ce que je lui ai demandé. Ils se sont rendus chez le traiteur, elle a passé ma commande. Ils ont mangé dans la voiture. Elle a appelé ma tante et lui a dit qu'elle passait déposer des sambous-saks dans son congélateur pour deux jours. Elle a raccroché. Mon petit frère voulait jouer à la Playstation. Elle s'est arrêtée. Il est descendu chez mes grands-parents maternels à Borj El Chamali. Elle a allumé sa cigarette en lui disant qu'elle revenait vite. Elle est arrivée chez ma tante. Abeda a ouvert le portail du jardin. Ma maman s'est garée à l'intérieur. Elle a ouvert la vitre de sa voiture. Son beau-frère lui a proposé un café. Elle a dit volontiers. Abeda voulait l'aider à porter mes chaussons à la viande et au fromage de brebis. Ma maman a dit non merci. Abeda est entrée dans la maison, ma maman a ouvert le capot de sa voiture. Abeda est à nouveau sortie, elle s'est approchée de ma maman. Ma maman a levé la tête, Abeda a sorti un pistolet. Ma maman a vu le pistolet, Abeda a tiré dans la tête de ma maman.

Ma maman est morte. Elle avait quarante-deux ans.

Notes

Page 41 : Aiko Nishikida, « *Palestinians from the "Seven Villages": Their Legal Status and Social Condition* », *Kyoto Bulletin of Islamic Area Studies*, 3-1 (juillet 2009), pp. 220-231, consulté le 10 avril 2010 sur https://kias.asafas.kyoto-u.ac.jp/1st_period/contents/pdf/kb3_1/15nishikida.pdf

Page 43 : Asher Kaufman, « *Between Palestine and Lebanon: Seven Shi'i Villages as a Case Study of Boundaries, Identities, and Conflict* », *The Middle East Journal*, volume 60, numéro 4, automne 2006, p. 698.

Page 115 : Simone de Beauvoir, *La Force de l'âge*, Gallimard, 1960.

Page 129 : L'expression « le mariné cru et le cuit très longtemps » revient au chef Clément Le Norcy, restaurant Le Joy ; Hôtel Barrière.

Page 150 : Paul Daher, *Charbel, un homme ivre de Dieu*, éditions Annaya, 1993.

Cet ouvrage est composé de matériaux issus de forêts gérées durablement certifiées PEFC™. Le Programme de reconnaissance des certifications forestières (PEFC™) est le plus grand organisme mondial indépendant de contrôle pour une gestion durable des forêts. Pour en savoir plus, consultez le site www.pefc-france.org

Achevé d'imprimer en mai 2022
par CPI Bussière
À Saint-Amand-Montrond (18)
Dépôt légal : août 2022
N° d'impression : 2064662